漂泊里 都有 最美的相逢

Piaoboli Douyou Zuimeide Xiangfeng

『在旅途』情感随笔系列

吴茗筠 著

中国華僑出版社

图书在版编目(CIP)数据

漂泊里都有最美的相逢/吴茗�著.—北京：
中国华侨出版社,2014.1（2021.4重印）

ISBN 978-7-5113-4402-1

Ⅰ.①漂…　Ⅱ.①吴…　Ⅲ.①散文集-中国-当代
Ⅳ.①I267

中国版本图书馆CIP数据核字(2014)第022295号

漂泊里都有最美的相逢

著　　者 / 吴茗筠
责任编辑 / 若　溪
责任校对 / 高晓华
经　　销 / 新华书店
开　　本 / 787毫米×1092毫米　1/16　印张/16　字数/212千字
印　　刷 / 三河市嵩川印刷有限公司
版　　次 / 2014年4月第1版　2021年4月第2次印刷
书　　号 / ISBN 978-7-5113-4402-1
定　　价 / 45.00元

中国华侨出版社　北京市朝阳区静安里26号通成达大厦3层　邮编：100028
法律顾问：陈鹰律师事务所
编辑部：(010)64443056　64443979
发行部：(010)64443051　传真：(010)64439708
网址：www.oveaschin.com
E-mail：oveaschin@sina.com

前言

漂泊里，我无时无刻不在与美重逢，我所期待的不过是那份来自亲情、友情、爱情的概念。

很多人说，这里是年轻人梦想的集散地，有的人归来，有的人离开，聚聚散散最终各奔东西。我并不以为然。在这里，我邂逅了一段美好的感情，拥有了一群兴趣相投的好友，偶遇过感动的美好，虽然最终我可能还是孤身一人面对生活风浪的洗礼，可那份记忆残留在身上的温度却让我奋斗至今。

剪不断，理还乱，是半卷情丝。自从相逢，漫说是相思，就是午夜梦回的凄凉也因你在身边而消失。早在几年前，我在漂泊的路上与我曾经的爱人各奔东西。就在那时，我以为生活就是如此，世事无常，难免有几次真心会被践踏在岁月的尘埃中。可一旦我抹开斑斑锈痕，定睛一看，却发现在那幅斑驳的画卷上我们曾经一起绘出了一片锦绣河山。每一条脉络，都饱含了爱情哲学的各种玄机。高山流水，仿佛有伯牙、子期的知音情节。笔锋一转，又是山穷水尽、柳暗花明的气势。川流不息，涓涓细流在流下瀑布之时被摔得粉身碎骨，难掩个中的雄浑壮阔。躲不过流连世间的几点凡情，仙子驻足在溪边眺望远去的情郎……正当我满心欢喜，以为前人会折身而重返聚美好光阴时，等到的却是半幅残卷。而如今，我们虽然分别有了各自的风景，但或许某天能在漂泊的路途上相逢一笑。

落日余晖，倦鸟知返，唯独我一个人茕茕孑立、踽踽独行。不知何时开始，我竟然不再会想念，只在岁月河流的流沙中写下零星半点。周末，躲在家里看着窗外绿野逐渐被染黄，才想起时值秋冬交汇，天气早已转冷。从离家开始，故乡就成了我最大眷恋，无论身处何处，总会心心念念。想当初父母送自己出门时，千叮咛万嘱咐，一定要好好照顾自己。可人在异地，每当想念的时候，只能趁夜深人静拿出故乡的相册慢慢翻看，回忆起在家时的点点滴滴。在家的时候，我任性冲动，仅仅凭借一时的想象就试图到这里找寻属于自己的一片天地。结果被骗、被伤害得遍体鳞伤。当只能一个人独自躲在房间里哭泣的时候，我还是会想起父母。电话那头，父母关切的声音让我不得不把一切的委屈咽进肚子里，咬着嘴唇说一句“我很好”就立马挂断电话。年幼的我并不知道这份情谊的珍贵，把父母的关心当成理所应当的给予，放心大胆地挥霍着父母对我的爱和期望。

直到后来独自漂泊，才开始明白柴米油盐的负担；直到生活中的酸甜苦辣都已遍尝过，这才体会到父母深切期盼背后隐藏的细腻心思。从我背上行囊准备离家的那天开始，他们就用一生中最后且最无私的力量奋力帮助我实现所谓的理想，哪怕可能那段刚开始怀揣的梦最终被证明不过是一段梦幻的空想。如今想起来，我的每一个无心之失最终都会成为父母沉重的负担，每一个冷漠的表情都让他们踟蹰半天，那种来自父母的最无私的疼爱又让他们原谅我的每一次叛逆。

这次漂泊，带来了太多的伤害，无论是对于我，还是对于我的父母，我原本纤细的神经曾一度因此而差点崩溃。可也正是因为在这段旅途中邂逅了很多因感动而变得美好的人和事，令我不再感到孤独。

目录

CONTENTS

第一辑　一腔热血请珍重·出发

第二辑　樽前拟把归期说·离别

第六辑　明日落红应满径·过往

第七辑　几回饮散良宵永·沉醉

第八辑　尽载灯火归村落·重聚

第九辑　针线闲拈伴伊坐·感动

第十辑　门前流水尚能西·无悔

第一辑

一腔热血请珍重·出发

平凡如我，怯懦如我，从一开始就注定要漂泊，从这场人生的历练中得到一次升华。如果能选择后悔，我如今或许仍旧在徘徊的路上，不能出发，更不会有结果。有人说生活本身即是美的，对我而言，漂泊本身也是美好生活的一部分。

莫愁前路无知己，出发是最美的开始

从第一次离开家庭的庇护开始，我便开始了漂泊流浪的生活。正如杜甫在《咏怀古迹》中的名句“支离东北风尘际，漂泊西南天地间”，我如今的处境就是如此，怀揣着少年时的幻想和希望，孤身一人漂泊在异乡，挣扎在某个没有人知道的角落里。

对于很多人而言“漂泊”这个被注定与孤独寂寞永远纠缠在一起的词汇，寄托了无数少年人的哀怨与无奈。尽管如此，也只有经历后才会明白，漂泊于生命而言，是一种对所谓命运的挑衅，也是曾经年轻过的明证。于我而言，漂泊则是一个与美好新生活相逢的契机，我坚信在自己转过身离开后，总能遇到另一片光明。这份执念，随着我在外漂泊了五年。

去年夏天，为了实现我长久以来的一个梦想，我毅然抛弃生活了四年的城市，一个人坐上了南下的火车。我沉默地倚着车窗，独自看着车内外的热闹，送别、上车、聊天、说笑，这一切统统与我无关。我似乎感觉到，前途隐在一片迷蒙中，嘲笑着不顾一切南下的我。窗外，是早已熟悉的城市的景色；车内，是早已习惯的嘈杂。没有什么能勾起我半分的兴趣，也没有什么再能惹我厌倦，我对一切都不以为意。

直到火车开出前的最后一刻，我才仿佛意识到身边好像少了什么，开始放声大哭起来。一种从未有过的留恋和不舍，突然从心底的某个不知名的角落涌了出来，彻底将我本来做好的决心和斗志击败。当时的我，一个劲儿地拿起电话，一个又一个地拨通朋友的手机，纷纷说道："我这样走了，但最后我还是舍不得你们。要不，我不走了吧？"说完，我便哑口无言，一阵沉默之后，又说："刚才开玩笑的，等我到了，你有空来 X 城旅游，我全程接待。"虽然我们都知道，这个有空也许是明天，也许就是一辈子。沉默，每个人都陷入了沉默。直到列车员过来查票，我才意识到这是一列永不会回头的火车。

当然，那不是我第一次出发去漂泊，可能也不是我最后一次出发。但每次当我离开熟悉的环境，踏上漂泊的旅程时，总觉得内心深处某个部分被生生剖开，袒露在我眼前。它试图在用血淋淋的事实告诉我，我正在割舍一段本来应该好好享受的感情，离开一个本来应该可以生根发芽的城市，去接受一个本来完全模糊的未来。然而，我自己又十分清楚一点，年轻时候的漂泊奔波正是在为年老时的安定做奉献，每一段相遇、邂逅，最终只因为离别出发时的回忆才变得更加美好。当然，这种话就如同老生常谈一般，在耳边不断反复着，我也因此坠进了矛盾的深渊，无所适从，放不下，自然也就拿不起。

看着车窗外一闪即逝的景色，我不禁想起了在 N 城的四年。

初来乍到，一切都需要重新开始，生活也才刚刚起步。我每天都奔走在找工作的路上，从城南到城北，从城东到城西，几乎将足迹踏遍了整座 N 城。最后，在度过了无数个循环往复的日日夜夜后，我终于成为了一个稚嫩的职场新人。

当时，S 姐是我的面试官，也是我后来的上司。我仍旧记得，面试行将结束的时候，她问了我一个问题："你为什么要抛弃过去的一切，来到这座完全陌生的城市重新开始?”虽然我早已记不清当时我是怎么回答的了，但在听到我的答案后，S姐会心的一笑却令我记忆深刻。我想，当时的我，是第一次在那座城市被人承认并肯定。

然而，工作并没有我想象的那么简单，每天单调的朝九晚五，三个小时的来回路程，永远必须要返工的工作任务，这一切都有些让人彷徨无措。对此，我感到前所未有的恐惧和沮丧，正如一只试图飞上天空的鲤鱼，等跳过龙门，却发现自己仍旧是一尾红鲤。资质平平，能力平平，就连性格也并不如想象中的那么开朗大方。当然，不久后，我的这种反常被S姐察觉到了。于是，她将我叫到了她的办公室，便有了我人生中第一次与上司的谈话。

谈话中，S姐并没有过分地责难我，可我却从她的威严中看到了自己的过失和不足。而那天下午的谈话，让我明白了一点：在N城，即使付出200分的努力，也不过是一个平凡的普通人，因为每个人都会这么做。只有比别人更努力，你才可能脱颖而出。从那天下午开始，我在N城的生活才从真正意义上开始出发。

于是，我在S姐的指点下，将心中的一切腾空，让心灵的征途回到起点，收拾行装重新出发。我把工作时间从朝九晚五自动变成了随时候命，哪怕是在睡梦中想到一丝线索，我也会爬起来，写在枕头旁边的小本上。即使经过四年的日积月累，我仍旧是一个普通人，但并没有被落下。我俨然成为了N城里一个默默无闻的普通人。也正是那四年的拼命努力，才换来如今前往X城的勇气，无论在哪里，无时无刻我都在出发，奔向本不该属于昨天的明天。

因为，我坚信：人生的道路，总要一个人走完才会知道宽窄和曲折，也才会真正地理解生活的苦涩与甜蜜。只有经历了，才能明白所谓真正的美的涵义。虽然即使到了今天，我也没能完全理解漂泊的涵义，仅凭着心中满满的继续拼搏的决心和勇气，一次又一次地挑战自己的极限，展开一个又一个的故事。

“偷来”的一段旅程

小时候，我总以为在自己手里、心头的东西永远都属于自己，并试图牢牢地抓住它们。然而，直到长大后，才突然意识到，很多人和事并不仅仅属于自己，换个角度来看，我自己也不过是别人生命中的一个过客。没有什么完全属于我，而我也不可能完全属于任何人、事，这就是人生，注定孤独但不寂寞。事实上，就连我的这段漂泊旅程，也不断地从每一次相遇邂逅中“偷来”无尽的能量，支持自己继续向前闯。

所有与旅程相关的记忆，我早已小心地将它们放到大脑深处某个孤独的角落，每每心情低落的时候，总会拿出来，慢慢擦拭，细细咀嚼。

还记得，那是一个很寒冷的冬天，据说也是N城有史以来最冷的一个冬天，难得下雪的南方也下起了大雪。一夜之间，放眼望去一片银白。突然间，一种被称作是寂寞的感情从心底涌了出来。一只手撑着伞，一只手拎着一包刚从超市买回来的沉重的日用品，独身一人走在人流如梭的人行道上。而身上因为路上的雪泥，竟然也显得十分狼狈。

自从决定一个人到异乡漂泊以来，因为倔强，我一直不肯向家人朋友述说这段旅途的艰辛，更遑论与软弱有着相同定义的寂寞。当时的我想到自己独身一人慢慢地走在回“家”的路上，看着身边匆匆行走的脚步，似乎才意识到这段路程还很长，而我也不过是停靠在一个破旧的驿站里寻求人生成就的可怜虫。当然，长久以来的生活告诉我，那就是人生。毫无挫折的人生是无意义的，但过多的挫折却意味着你走错了一条道路。但以什么作为标准，生活并没有给出明确的答案。

就在我正慢慢挪动的时候，突然不知道被什么绊倒了。这突如其来的疼痛成为了一个爆发点，我竟然悄悄地哭了起来。一边收拾掉落一地的东西，一边擦着眼泪，然后迅速离开事发地。但是，眼泪竟然毫无停下来的意思，我就这样一个人哭着回到了住处。直到打开家门放下沉重的购物袋，我才想起来，我一整天都没有吃过东西。于是，我来到了楼下的一家小店，打算买一碗面就着小菜，解决一整天的饥渴。

就在我要付钱的时候，老板娘突然笑眯眯地握住我的手，说道："天那么冷，你手都冻僵了。"随即，她似乎意识到了我的愕然，便笑了笑，说："我女儿也和你一般大，一个人在外地念书。北方的冬天应该也十分冷了……"当时，我仿佛看到那位中年母亲落寞的眼神，这才想起在家里相依为命的父母，不知他们在家里吃饭了没。

为了避开之后的尴尬，我笑了笑，便走进了店里，找个位置坐了下来。当时的我不知道是把老板娘和母亲作了对调，还是将自己与她的女儿作了调换，心里五味杂陈，很不是滋味。身处异乡，每到一处总是很难产生熟悉的感觉，更遑论归属感。而每一段旅程，总会有不同的感怀和触动。每当遇到一个人，总希望从他或者她的身上偷来一段感动，然后，支撑着自己走下去。当我将老板娘看作是母亲的时候，就像是回到了家一样，有人正在关心着自己。哪怕只是那么一瞬间，自己就已然不再孑然一身，身体里又灌满了来自亲情的温暖的能量，继续在这段茫然不知尽头的旅程中旅行。

古诗有云："独在异乡为异客，每逢佳节倍思亲。"南下漂泊，我的目的地离家越来越远，对家乡和家人的思念也越来越深。为此，我也曾多次怀疑自己漂泊的涵义，而正如之前所设想的一样，这段“偷来”的旅程，最终也没能还回去。我对家人、亲友的亏欠，最终都将成为我漂泊旅程行囊中重要的财产，伴随我度过一个又一个孤独而寂寞的日子。而我最初亏欠的，也正是我的父母，我将他们对我所寄予的厚望和期盼偷偷地藏在心头，珍藏至今。

还记得当初父母送我上车时候的场景，记忆犹新，挥之不去。

母亲一边嘱咐父亲把沉重的行李放到车上的行李架上，一边交代我一些在我将来旅程中必须要用到、而我总是到最后吃亏了才悟到的道理：说话要动脑、用心做事、坚持到底等等。这些道理，对于现在的我而言，是简单而实在的；而对于当时的我，却如同纸上谈兵一般，过耳即忘。

最后，她悄悄地把一些零钱塞到我手里，说：“你爸怕你在路上饿着，让你买些吃的，其他的钱你要收好了。”

我点了点头，准备送他们下车。而爸爸却站在一旁搓着手，腼腆而认真地说着我一生中最难忘的一句话：“如果在外面过得不好，太辛苦的话，我和你妈永远在家等着你。”

我玩笑道：“要是我一辈子不成家，你们也养我吗？”

我爸想了想，随后说道：“养！你是我的女儿，我一辈子都会养你。”

我当时生怕自己当着父母的面流泪，让他们担心，就强忍着眼泪，让父母下了车。随后，就坐在座位上哭了起来。

直到后来为了生活四处奔波，但终究没能回到家。我知道，父母并不希望我变成怎样的人物，或者说，即使我生活变得不如意，事业毫无起色，人生一片阴暗，他们依旧愿意成为我最坚强的后盾。也正因为如此，我才能心安理得地享受这段从他们生活中“偷来”的旅程，慢慢地在异乡拼搏奋斗着。似乎这就是宿命，每个人都要在年轻的时候，将自己的未来从父母命运中偷回来，然后肆意挥霍着父母殷切的爱。

虽然，这已经是很多年前的事了，却又好像昨天才发生，父母浓重的爱意又重新充盈着我本来空虚的内心。我知道，有的时候，我应该放下身上的盔甲，好好地哭一场，把心中积压已久的情绪好好地释放出来。然而我明白，虽然身处这座孤独的城市里，但那些我爱以及最爱我的人，依旧守候在我长大的故乡。

当然，我坚信一点，阴霾过后，明天的太阳还是会升起的。

为了看看日出

经常会看到有人将爱情比喻成玫瑰花，会绽放，自然也会凋零。而很久以前，因为一段错误的感情经历，我也一直坚信：凡是爱情都会因为生活的奔波和现实的摧残而消失殆尽，而曾经的情人也终将因为爱情的消失而变成最熟悉的陌生人。这一个观点，最终被一对情侣所打破。

刚到N城的第二年，我和一对年轻夫妇合租一套两室一厅，他们住在主卧，我住侧卧。这对夫妇，男的姓叶，女的姓张，我叫他们叶哥和张姐。在合租的一年时间里，我们经常在一起吃饭、聊天、说笑，那年成了我在N城住的四年里最踏实的一年，也是我最能感到"家"的归属感的一年。如今这对夫妇已然在N城有了属于自己的家，幸福地经营着自己的小日子，而我却一直在漂泊。

刚毕业一年，我的工作正处于一片混沌的状态，而另一边又正在和当时的男友闹分手。为此，我经常感到心力交瘁，无所适从。那段感情于我而言，已不再是甜蜜的支持，俨然成了一个沉重的负担。如果用张姐的话来说，就是："刚挂掉老板的电话，立马又拨通男友的电话。"确实，那段令人疲惫的爱情，让我不堪重负。

果然，我们终于在认识后的第四个情人节分手了，是我提出来的。因为我已经厌倦了长久以来的冷战、争吵，还有他的背叛。紧接着，我又因为工作上的一个失误而被上司喊去谈话，顿时，我感到万千的委屈扑面袭来，别人的任何细微动作都成了恶意的嘲笑和奚落。而当天，为了弥补之前的过失，我又必须加班到深夜。我强忍着内心不时跳出来的绝望和压抑，直到回家关上门的那一刻，我才大声地哭了出来。

因为之前叶哥告诉我，他们夫妇会利用假期回老家看他们的孩子，所以我当时并未意识到房子里还有人。但等我的哭声逐渐变弱时，才发现张姐还没有睡，就站在房间的门口，关切地看着我。

她看我哭完，说道："你现在没事吧，出门在外受点儿委屈是正常的，别放心上。"

看我没有什么反应，又继续说道："你一个女孩子一个人在外打拼不容易，有什么事，如果我们能帮你的，一定会帮忙。你比我们小，我们都把你当成妹妹，有什么困难就直接和我们说。"

虽然我知道，这不过是一种客套话，但一旦处于某种十分茫然的状态，这些话确实是 种极大的鼓舞。丁是，我就把心里一直以来积压的情绪一股脑儿地倾吐出来，希望得到张姐的积极回应。

"这种感觉我明白。"张姐沉默了一会儿，又说："我年轻的时候也曾有过这样的经历，那时候我甚至还没认识我们家老叶，我还在一家不小的公司里过着朝九晚五的生活。"于是，张姐向我讲述了一个关于年轻与爱情的故事。

大学刚毕业，张姐就到了某公司从事销售工作，当时的公司前景好，上司也很器重张姐，收入高且稳定，并且有一个准备谈婚论嫁的男友，一切看起来似乎十分完美，以致于她在很长的一段时间里，对一切人和事都抱有十分单纯而直接的想法——与人为善，认为一生就会如此顺利地走下去。

但在第一家公司服务三年后，张姐的直属上司决定带着张姐一起离开原来的公司，投奔到了同行业的另一家公司。然而，到了那家公司之后，上司依旧是上司，而张姐却受到了冷落，做起了无足轻重的行政工作。这让当年社会经验还很少的张姐感到万分沮丧，甚至多年后回忆起那段故事的时候，张姐都充满着无尽的遗憾与感叹。然而，虽然并不明白上司的深意，但她选择了服从，并尽力做好手头的工作。

可是，事与愿违。就算自己努力做到最好，最终还是逃不开生活的挑衅和捉弄。就在张姐准备要与当时的男友结婚时，却发现一切并没有朝着计划的方向发展，男友竟然与自己的一个女下属在一起了。而同事们则全都知道这个事实，并将其作为一个吃饭聊天时的谈资，用以在暗地里取笑张姐。同时，由于张姐并不处于公司的核心部门，在公司经济状况出现危机的时候，行政部门的所有同事都人人自危起来，其中也包括张姐。而这时男友的背叛，无疑是雪上加霜，这成为了后来张姐辞职南下的一个重要的导火索。张姐同时受到了两个来自自己最信赖的人的联手背叛，一个是她在一起经历过多年风雨的情人，一个是她花费一年多心血苦心带出来的职场新人。于是，在某个契机之下，张姐决定辞职，南下寻找生命里的安宁。

当然，张姐并没有将之后旅程的很多细节告诉我，但我明白，初来乍到的张姐没有少受苦。幸而后来遇到了诚实可靠的叶哥，两人成为情侣后，一起辞职开起了一家小店。在小店初具规模的时候，两人决定结婚，并生下了一个女儿。再然后，叶哥夫妇为了能在N城买房立足，决定将女儿托付给远在北方Q城的父母，起早贪黑地努力挣钱。当张姐跟我说起这段经历的时候，显然已经平静了很多，她说道："年轻的时候，总有一些经历是要经历的。如果没有经历过，只能代表你很幸运；如果经历了，也不必沮丧，因为很多人也经历过，甚至面临更多难题。你看，我现在和你叶哥不也好好地生活在一起吗?”

现在回想起那时的情形，历历在目，我总希望通过到一个完全陌生的地方漂泊，以期藉此遗忘过往的灰暗，寻找另一份光明。然而，其实上天从未摒弃过我，她总会在我人生的每个阶段安排无尽的惊喜。而我所要做的就是，等这个日暮过后，耐心等待明天的日出。

如今，每当收到叶哥夫妇的好消息，我总是会开心一段时间，并将此作为自己前进的动力。我想，他们在努力攀登以期看到最美的日出，而我也应该在某个日落之后，向往第二天的光明。

何时出发都不晚

在我最绝望的时候，一定会想起一个故事，并告诉自己，无论什么时候出发都还不算晚。

这个故事是从某位大学老师的口中听来的。

那一年，故事的男主人翁乔生年近四十，是老师的大学同学兼好友。拥有一个幸福美满的家庭，一份收入不高但很稳定的工作，平常交往也有十几个好友，真可谓是生活安乐。然而，当年正值改革开放，一股下海经商的风气一时间传到了老师的家乡，并让很多人开始躁动起来，其中也包括乔生。乔生决定辞职南下经商，并将妻儿留在了家乡，独身前往。一个人带着家里多年的积蓄，在亲友的目送中登上南下的列车。

在南方闯荡期间，他自信自己可以凭借多年以来积累的人脉和经验，轻易闯出一片天地。在到达目的地后不久，他就立马凭直觉找到了一个他认为前途无限的事业，并把身上所有的钱都投入了进去。然而，事业并没有那么好做，创业并非朝夕间就能完成的。随之而来的是枯燥乏味的生活、艰苦的环境，还有来自各方面的压力。因为没有招到合适的员工，于是他选择了单打独斗。他事无巨细，事事都要亲力亲为，销售业绩上不去，要自己去跑；供货商提价，要自己去谈；有顾客因为质量问题找上门，要自己去处理。总而言之，这份事业并不好打拼。

长此以往，是个人都会受不了，何况是年近四十的他。下属受不了，他自己的身体也受不了。于是，所有的问题就都出现了。员工要求减少加班时间，涨工资；客户抱怨问题处理效率低，要退货；供货商则经常吵着供货量低，要求涨价。而他则因为长期的劳累和心理压力大病倒了。那时候，他一个人远在他乡，举目无亲，只能独自对着病床旁边的空桌子发呆。每当看到病友的亲友过来探望，总会不自觉萌生一种酸楚。然而，当时他因为远离故乡，事业生活都处于不稳定时期，因此并没有将自己的情况告诉亲友，身边更没人照顾。老师正好出差经过他所在的城市，便决定顺道去看望他，也才知道他已生病住院。

到了病房，只见他一个人躺在病床上，身上到处插的都是输液管，眼前盯着一本似乎是账本一样的小本子在认真地看着。病床旁边，是絮絮叨叨要求提薪的员工，不断地在诉说着自己的困难和要求。而他，看起来却很平静，默默地看着小本子，一边看一边用笔在划着什么。发现老师到了，才慢慢地抬起头，招呼老师坐下。那位员工看到有人过来，也就走了。

等人刚走，乔生就拉着老师的手，急切地问起了家里的情况、朋友的近况。老师知道，他当时也想家，也希望把妻儿接过去一起生活。然而，生活和工作的压力已经快要将他压倒，他并不希望让任何人为自己担心。一个人生活，三餐经常没有着落，甚至会因为加班而来不及吃上一口热饭。就这样，日复一日，年复一年，虽然事业小有所成，可也积累下了一身的病。就在那段时间，因为店里出了一些问题，他又要在病床上一边看供货商发来的定价单，一边还要亲自计算当天的营业状况。很多员工离职，营业额直线下降，剩下来的员工要么不能独当一面，要么就是想要提薪。自己一个人还要忙着订货，里外两头忙，两头不讨好。

那时候，在很多人看来，他有着一个不大不小的店面，经营批发零售，是一件很风光的事。甚至在很多人眼里，他与经常出现在报刊杂志上的大老板都能划上等号。老师看到他比同龄人要苍老很多，老师开始同情起他的处境来，并问他是否后悔当初的决定。出乎老师意料的是，他给出了这样的回答：凡事总也要有一个过程，虽然艰苦，但只要结果值得都是可以的。当初自己迈出了第一步，并且事实证明自己也没有做错，那么，走到最后又有何不可呢？无论是在家努力工作，还是在外漂泊奋斗，最终的目的都是为了让自己不枉到这世上走一遭。虽然自己一个人在外生活多年，有时候也会觉得艰苦孤独，但一旦想到自己的努力能为家庭换来了更好的物质享受，也就重新有了奋斗的动力。

实际上，老师对于乔生那样的生活，充满了向往与敬畏。一方面，自己事业小有所成且生活安稳舒适，漂泊则意味着很多的不确定性以及可能面临的巨大牺牲。而另一方面，自己长久以来怀揣着少年时代的理想，而自己自信已然具备了实现的能力。然而，往往人过中年后，就变得更加保守且胆小了起来。因为害怕自己半生所累积的人脉、财富、事业因为一个小小的失误而遭受损害，所以选择了“不做不错”的生活模式，过分谨小慎微，留下了不小的遗憾。虽然说人生无所谓对错，生活是否幸福的标准也并不完全取决于事业是否辉煌，生命的长短也并不会因为一段伟大成就而得到延长，但每当梦里回想起少年时代闯四方的豪言壮语来，又有些后悔自己过早屈服于生活的大流。

当然，最后老师并没有选择和乔生一样出门漂泊，也没能如愿完成少年时代的理想，而他选择将这个故事传给了我们。这个故事本身并没有起伏的情节，也缺乏辉煌的结果，但对于当时已经选择在外漂泊的我而言，却有着极大的触动。命运本身的意义，就在于随时准备着出发。

走向抵达，义无反顾

所有的出发都是为了抵达。

我发现，当人生出现任何疑惑或者迷惘的时候，我首先要做的不是后退，而是静下心来一边思考，一边继续前进。我曾经的上司S姐就给我讲过这样的一个故事：

王琳大学毕业三年多，现任职于一家迷你公司做文员，虽然年近三十，却依旧不够成熟。这个心智如同女孩一般的女人，有时很孤僻，有时却很外向。然而，她的任何举动总是得不到同事们的积极回应，甚至还会招来很多女同事的明显反感。当然，这个年龄最大的实习生并没能顺利融入同事之中，而她显然也将一切的不和谐归于同事们的忌妒。事实上，关于同事关系方面的事，她也总是直言不讳，声称自己之所以在之前的几家公司总是做不长久，正是因为自己总是会在进入公司不久，受到所有女同事的排挤和欺压。

而当时，S姐正是这位王小姐的同事兼室友，因此偶尔也会提醒她注意自己的言行举动。但是，这位姑娘并没有将S姐的话听进去，甚至会笑话S姐不明白自己的优越之处。这让S姐非常郁闷，但之后，S姐发现王琳虽然并没有用心处理人际关系，但却肯花费很多时间在完成工作任务上。并且，王琳花了很短的时间就迅速掌握了工作的技能，并取得上司的信任。当然，这样的情况引发了S姐的危机感，并决心要学习王琳的工作态度，更加努力地工作。但是，实习期过后两个月，S姐以及另一位实习生被通知，除王琳外，他们都将被公司解雇。这让S姐以及很多人百思不得其解，并决心向领导请教。

而众人从领导处却听到了另一个版本的故事。平时，虽然王琳苦心经营与同事之间的关系，但因为S姐从中作梗，导致同事之间的关系不睦。之后，S姐甚至将不好的生活习惯带进宿舍中，严重影响了王琳的加班。这让S姐感到手足无措。而关于另一位实习生，领导却指出，因为另一个实习生工作不认真，所以出于公司利益考虑，必须要辞退。

就在即将转正的前一个月，S姐与另一位女孩同时被辞退。这次经历让S姐曾经一度怀疑过自己的能力和努力程度，而这一切又因为之后沉重的房租和生活费负担变成了一股巨大的无形压力，几乎让S姐喘不过气来。她每天宅在房间里，出门就是投简历、面试、跑招聘会，已然失去了欣赏生活的心态和空暇。眼看着镜子里的自己一天天地变得憔悴，身体也在一天天地变差。最后，S姐甚至忘记了自己曾经想要到N城拼搏闯荡的最初的目的，每天变得浑浑噩噩。如果不是出于生活的压力，恐怕她早就放弃了求职。而如果不是出于对过去奋斗目标的执着，恐怕最后等待她的就可能是自己曾经所厌恶的生活。然而，梦中人只停留在梦中，如果一日未醒，最终可能永远也不知道自己明天会怎样、未来会怎样。

几个月后，就在S姐即将被生活挫败、陷入绝望深渊准备离开N城的时候，她偶遇了一个和自己一样正在求职的年轻人。从这位青年眼里，S姐看到了久别重逢的坚定和自信。瞬间，S姐就冷静了下来，并重新开始思考人生和未来：生活的重点在于结果，但生命的重点在于过程。事实上，自己来到N城不仅希望自己能有一个属于自己的生活，还希望能在这里享受到奋斗的每个细节。如果仅仅因为一次失败而全部否定自己，并让自己变成现在这种落魄模样，估计不等被淘汰，自己早就被生活的现实吓回家去了。最后，就连当初想要来这座城市的理由也会被一时的懊丧取代、掩盖，变成明日黄花。

于是，S 姐又重新站起来了，凭着超常的努力和拼搏，最后一步一步稳扎实打地进入了现在所在的公司，并且成为公司的骨干员工。随后她带领团队，做项目，升职加薪，最后成了我的前任上司，变成别人眼中十分艳羡的成功标杆。这一切与她无数个日夜的努力是分不开的，也正是很多年轻人所缺乏的。

关于王琳的现状，S 姐只字未提："其实，我非常感激她，是她让我明白了要努力才能增加自己对抗意外的筹码。如果当时是我表现得最好，而不是她，那么当初留下来的可能是我，不是她。但事实上，是我被辞退，就证明自己确实做得不够好，还需要更加努力。至于后来王琳是好是坏，都与我无关。唯一与我有关系的是我自己的前途和未来，到底我需要做什么、怎么做，最终又会得到什么，这些才应该是我所需要思考的。而且，无论如何，她得到了自己想要的，并且做了很多需要做的。从某种角度来说，一个出发，一个抵达。无论是目标是否宏大，但至少她在那一个回合胜利了。"S 姐最后还补充道："但你也没必要向她学习，因为我最后也得到了自己想要的，甚至还要更多。所以，无论花费多少年，只要我努力朝着目的地出发，最后都能摘取自己所要品尝的果实。"

对于 S 姐说的这个故事，我一直保持半信半疑的态度。它可能真的发生过，或许是 S 姐编来鼓励我们的，又或许是道听途说加工而成。不过，无论如何，它至少告诉我，我必须要朝着未来出发，义无反顾，毫不犹豫。

重新出发

我曾经有过一段时间的漂泊，可以说算是一次失败的经历。但我父母依旧原谅了我，并宽慰我道：“生活需要的就是睁开眼睛，看清楚整个世界。如果你一直待在家里，或许此生不能再有更大的成就。”于是，我在消沉了一段时间后选择重新漂泊。

可是，人非草木，不能无情。父母在我走后，一直在为我的事四处奔波，试图一定要在我最消极的时候将我安置到一个他们所认为的安逸生活中去。刚开始的时候，我也会有很多犹豫，一段失败的经历还有一个不堪回首的过往，似乎早就预示了我的性格缺陷必然会带来的失败。我就像走在单行道上的汽车，不能后退，只能前进。可前方正是岔路口，后方早已有人等得不耐烦，我必须要在短期内作出决定——留，还是走。

朋友的一个电话，让我觉得这里可能是我最理想的漂泊地所在，于是我谢绝了亲友的好意，重新离家出走，直接从 N 城来到 X 城。其间，因为不愿意面对父母怜爱的眼神和反复强调的生活经验，我并没有回家。后来经过沟通才知道，正因为如此，父母才更加担心我，生怕我会迫于生活的无奈而受骗上当。如今回想起来，只能总结出一个道理：可怜天下父母心。父母爱的太过无私，以至于将我看作自己鸟翼下的雏鸟，必须为我选好将来远飞的方向才能安心等待晚年的夕阳。而我刚好是一只叛逆的小鸟，他们让我南飞，我偏要往北闯。他们要求我回家，我只有跑得更远才能不被抓到。

父母在，不远游。我虽然明白个中的道理，但最终并没能安心遵守这条古训。我现在还时常会想起我刚到这里时的窘迫，难以忘记父母当时的担忧与烦恼。他们一方面害怕我一个人在外受人欺负、被人欺骗，但另一方面又害怕自己安排好一切会折损了我的自尊心。他们一遍又一遍地向我征询，是否愿意回到家乡工作，是否安于一份衣食无忧的生活。每次我都会义正言辞地拒绝他们，但只有我知道，漂泊时的太多的孤独与寂寞，并不是单凭一时的冲动就能解决的。

刚到这里的时候，我妈妈曾给过我电话，让我重新考虑是否要回家乡工作。她电话里用近似恳求的声音对我说，如果我能回家，就能不必担心房租的困扰，烦心饮食的不规律，还有气候上的不适应。我每年换季的时候都会生病，而如今独自漂泊，无人照顾，他们也为我担心不已。

我问妈妈为什么会突然这么说，当初不是讲好让我出门再次接受历练，如果不行再回家也不迟吗？

她在电话那头踟蹰半天，最后终于挤出一句话："城市再繁华，最后都不是你的；家乡再破旧，永远是生你养你的地方。"

我沉默，不知道如何去反驳。确实，城市再繁华也不属于我，世界再广阔我依旧需要一片小天地。可既然目标一定，我能做的只有放开心，安然接受来自生活本身的鞭策。

她似乎感觉到了我的犹豫，立刻继续说道："你一个人在外面，我们一方面是担心你，一方面也觉得没必要，你一个女孩子在外面，我们根本就不放心。当时看你那么坚持，也同意女孩子到外面闯一闯，见见世面也好。但没想到你一直不是很顺利，我和你爸商量，还是回家好。回家后你不用担心住房的问题，不用操心三餐，上下班时间稳定，不会有加班问题，你怎么就不想回家呢？再说，你要是嫁人，我们也要为你担心很久。”

确实，那段时间我在这里过得很不好，精神状态也极差，整天加班让我整个人都萎靡不振。本来约好周末要给爸妈打电话的，但周末加班，等下班到家的时候早就过了爸妈晚上睡觉的点，根本没有时间给家里打电话。当爸妈察觉到这个情况的时候，我已经连续加班了 15 天，刚刚回到家准备休息。

事实上，我并没有想过我的实话实说会给爸妈带去那么大的烦恼。月底，爸妈再次给我打电话，我没接上。爸妈发来短信询问是不是在加班，我回答是的。当晚，爸妈再次问我，是否有回家的意向。我回答不愿意回家，希望能保持最初的目的直到最后。爸妈不再回短信，表示认可。次月，辞职待业，在住处整整休息了一周才缓过神来。一周时间里，除了吃饭基本上不下楼，过着宅女的生活。而父母是了解他们的女儿的，在得知我辞职后立马发出最后通牒，要求我立即回家。整个事件的经过让我还未缓过神来，就已经变得很紧张，再重新回顾过去的一切，仿佛最初的目标和最终的道路之间存在巨大的偏差。我走得越远，距离也越来越远。可这种想法并没有持续很久，因为我心里早已做了一个最初的决定——一直坚持下去。

后来，我当然是没有回家，父母也没有过多的强迫。我固然知道家里的好，但也明白自己必须找到另一个属于自己的窝巢。所谓归雁南飞，最初的方向和最终的坚持永远也分不开，如果中途放弃，最后可能就不会有如今的生活，更不可能体会其中的快乐和成就。我把赌注全部押在青春上，趁着尚算年轻，我希望能用最少的钱找到一个最适合自己的地方，重新开始奋斗。

第二辑

樽前拟把归期说·离别

人生最恨相逢晚，莫问前途，归程自在心中。霸陵折柳，北望竟是不归路。我在这里，可你却一直未归来，我等待的不过是一句离别珍重。且看苍生如刍狗，须弥芥子，天地我遨游，最怕只不过是阴晴圆缺不知与何人说。此去经年，你务必要珍重。

幸福不在乎距离

相聚时难别亦难，东风无力百花残。爱情犹如鲜花，有盛开，自然也会有凋谢。有的人会用心保护，有的人也会随意践踏。有时候会持久盛开，有时候却仅盛放一刻。没有任何相同的爱情，但会有很多相似的经历。因此，当情侣离别时，最恨谈起再见的时间，因为最后大家可能都会爽约。

五岁的时候，我遇到张阿姨。那时候，她作为刚毕业的大学生被分配到我所在的小镇做一名人民教师，备受关注，也很受欢迎。因为张阿姨不是本地人，学校为她就近安排了住所，租下了我家隔壁的一间房。我还记得，小时候，我经常会去找张阿姨，也能经常看到她远在外地的男友过来看望她。每到那位叔叔要过来的当天早上，张阿姨一定会好好地打扮一番，然后做好菜，等男友一起吃饭。那时候的她，眼神里充满了等待的光芒，而我则觉得那是一种很难理解却很吸引人的眼神。虽然当时的我并不懂得爱情，但至少从她的眼神里，我看到了一个全新的对幸福的定义。如今回想起来，或许对于张阿姨，等待已经成为了爱情的一种定义，每次的相逢就是爱情本身的一种升华——他本可以不来的。对于漂泊至今的我而言，如今依然能体会到那种漂泊异地之后，情人相聚时的喜悦。

但相聚之后又是离别，一对情侣默默地牵着手，穿过人群艳羡的目光，依依惜别。每次分开之前，这对情人一定会约定重逢的日子，然后张阿姨牵着我慢慢地走出车站。我能感受到张阿姨内心的变化，却不明白那到底是因为送别，还是因为对下次相聚时刻的担忧。世界在变，人心自然也会变。每个人都担心物是人非，殊不知自己也在改变。张阿姨如此，她的男友也如此。因此，希望用自己的双手紧紧地握住那份能在孤独中解救自己的幸福，也希望彼此能在青年时期漂泊的岁月里相互扶持。而爱，正是一艘最好的船舶，让两个人能在暴风雨的夜晚里紧紧地依偎在一起。

作为一个初来乍到的新人，一个异乡人，一个孤独的漂泊者，张阿姨的世界是简单而寂寞的。每当看到别人回家或者与爱人约会的时候，她只能顺道牵着邻居的孩子——我回家，送走我后，又要一个人面对着空无一人的房间。

我想，我也是一个害怕寂寞的人，现在的我更是这样。我经常一个人呆在房间里，看书、听音乐。不知不觉中，突然会意识到自己一个人生活在这里，便会感觉更加孤独。想给家人打电话，却害怕自己忍不住哭出声来。想给那个自己曾经很熟悉的人打过去，却害怕接电话的声音早已改变。当不得不放弃寻找救命稻草的时候，又想到自己独自在这座城市生活工作的处境，竟然会感觉到可怜而可悲。我一个人生活，踽踽独行，每当遇到任何挫折和困难的时候，总是希望能选择逃避而非面对。但这时，想到自己离家千里，无一人照应，如果一味地逃避，最终换来的或许是铩羽而归。因此，只能强颜欢笑，接过一颗叫做“现实”的苦果，慢慢地躲在自己的角落啃咬着。无论是酸是苦，最后我都必须顺着社会和别人的期望不断成长。

但是张阿姨却不一样。她来到小镇的第三年，便选择了离开，到男友所在的地方与他结了婚。并在一个所谓新家的地方，过上了新的生活，人生也终于开始了新的篇章。但是我呢，当回过头来寻找那个曾经相依为命、发誓永远相守的人时，却发现他已然不在原地。我四处寻找，声嘶力竭，竟然没能在茫茫人海中将他寻回来。我站在绝望的路口，四望无人，竟然不知道该如何面对生活的波澜。事实上，每当我重新回想起过去的时候，总是会想到我们每次离别时的场景。

刚来到N城，我们两个人相依为命，无依无靠地在一座陌生的城市生活求职。然而，两个简单快乐的爱人分别选择生活在一座城市的东西方向，车程4小时。当时两人的想法很简单，分别努力，一起进步，然后在N城扎根立足。因此，每次相聚也就预示着即将到来的离别，而每次离别，总也会约好下次相见的时间。这样的生活令人很疲惫，有时候，甚至周末双休也难得见上一面，联系也逐渐变少。当时的我以为，那是一种柏拉图式的恋爱，可惜离别总是伤情的。长期的分别和现实将我们拉回了生活定义的漩涡，最终感情破裂。

刚分手的时候，我经常精神恍惚，有时候甚至会在不知不觉中错拨他的号码。然后，沉默，道歉，挂断。直到某天，他给我打了一个电话，让我不要再骚扰他们的生活。我突然觉得什么东西在心里慢慢地被清空，一阵空虚顿时袭来。那时候的我突然意识到，或许自己应该放手了。

之后的很长一段时间，我删了他的号码以及其他一切联系方式，断绝与他的一切联系，甚至连共同相识的人也很少去联系。他从我的生活里彻底消失，变成了一个记忆的代名词。而后来的某天，突然收到一封来自他的电子邮件，向我数落了很多他现女友的缺陷，并希望能重新来过。瞬间，我才明白过来，他已然不再是我记忆中的那个他了，而我，也已不再是我。此后，我才真正地明白，并非离别将我们的感情毁掉，而是我们自己，我们已经丢掉了当初相爱时候的心境，奋力苦战的时候却忽略了身边陪伴的爱人。我们并没有张阿姨和叔叔的那种坚持，也没有耐得住寂寞的煎熬，更没有那种离别后等待的心境。因此，我们的故事没能等到一个花好月圆的结局。

如今，我与他已经不再联系，而那封邮件我也没有回复。在那段漂泊的岁月里，我也曾经爱过，一段经不住离别磨练的感情最终相互错过。

坚守最美的一道风景

很多人都经历过漂泊的生活，甚至有人会向往这样的生活，然而并没有真正明白漂泊的意义。或者是一时冲动，或者仅仅是为了逃避，又或者单纯是出于好奇，无论出于什么样的原因，只有在这种经历中成长，才能说明自己曾经漂泊过，也才能理解离别的含义。

第一次见到她的时候，我还是大一新生，而她也不过刚毕业几年。我和她谈天说地，把天南地北都聊了个遍，并经常聊起自己的梦想。至今回想起来，就如同昨日一般。

初到一座陌生的城市，面对周围陌生的一切，每一个朋友都是可贵而难得的。对于我如此，对她亦如此。我们怀着忐忑不安但又兴奋不已的心情，打算在那里开始一种全新的生活，精神上也得到升华。我们心中都怀抱着各自的理想，当然，最后也都会因为生活的奔波而面对与很多人的离别。

后来，随着我毕业远走他乡，我开始了我真正意义上的漂泊生活。临走前，我再次和她聊起了我们过去的生活，曾经的梦想以及未来的不可知。我告诉她，那里有我的同学、我的记忆，我的朋友都留下来了，可是我竟然一个人走了。离开那里，就好像把全身上下的防备全部卸下，剩下单衣薄裤的我站在风浪口。因为倔强，我并没有哭，但心里早已问过自己千万遍——为什么自己要抛下本来就适应已久的生活，选择去漂泊？为什么放弃确定安适的生活，去选择不确定的奔波？最后我所追求的到底是什么，为什么我现在还是没感觉到开心？我离开了所有我所熟悉的一切人和事物，最终又会得到什么呢？似乎又回到了当初我离开家乡时候的场景，我最初选择漂泊的原因到底是什么。对此，我至今也想不明白。

当我们聊到未来的时候，她才开始谈起当初来这里的原因和经历。

大学毕业后，她选择按照父母的期望，考研、考公、找工作，但每个考试都无疾而终。然后，在父母的帮助下，到一家不大不小的企业上班，每天朝九晚五，拿着微薄的薪水，做着悠闲繁杂的工作。每天做的最多的就是打扫卫生、整理文件，虽然每天都有同事陪伴，但她还是感到很孤独。于是，她就用上班的积蓄，告别父母来到了那座城市。

可是，生活并不如意，事情也没有那么顺利。等到达目的地，才发现生活没有原先预想的那么顺利，才开始产生了对以前生活的不舍。事实上，每种漂泊的理由都会因为现实的冲击而黯淡，所有的志向最终也会因生活的磨砺而变样，最后，陪伴自己的只有生存。

听了她的话，我也开始徘徊了。当时的我比她更加彷徨，也比她更没有底气，我并不知道自己要什么，凭的也不过是一种对于漂泊本身的向往。然而，一旦往细处思考，就变成一片模糊。我最初的目的和最终的目标到底是什么呢？谁知道呢，现在也没有过多的时间去思考。

后来，某一天早晨，她打电话过来告诉我，已经初步实现了自己的目标，并开始给我讲起她创业的经历。

一个人生活，每天的寄托就是一份收入微薄但能让自己勉强糊口的工作。每天努力工作，穿梭在城市繁忙的交通线上，生活充实到无暇思考工作外的其他问题。然而，她自己明白，作为一个城市的新客人，必须付出更多的努力才能成为它的主人，也才能实现自己最初要融入城市的目的。因此，每天的忙碌反而让她感到充实，也才能证明自己在活着，她辛苦并快乐着。

当然，这并不是她来到那座城市的最终目标，她知道，自己早晚有一天要学会再次与过去道别。时机的到来是很偶然的，抓住它的也是有心人。

某一天，她在一家小店看到了一件很漂亮的首饰，并打算买下来作为自己刚领到工资的奖励。没想到到公司，被同事看到后，同事表示也很喜欢，想买下来。就在那一次交易中，她赚取了一笔差价，虽然不多，但让她萌生了自己做生意的念头。随后，她周末就到当地的饰品批发市场选购一些漂亮的饰品，然后转卖给同事。久而久之，她与批发商逐渐熟悉，也能以较低的价格拿到货。这样一来，自己也就慢慢有了想法。随后，她又向家里借了一笔钱进货，开了一间小网店，专做线上批发。她辞掉工作，把全部精力放到经营中，打算从此大干一场。

当听到她说完这些话的时候，我才回过神来，才突然意识到她这是正式与过去道别。当初因为与家里赌气，选择背井离乡来到一个完全陌生而遥远的城市，打算闯出一番事业，以向家人证明自己。然而，世事难料，就连她自己也不能预料时至今日，她才能在这里找到适合自己的事业。每一个人刚开始做任何事的时候，并不都有一个明确的目标，甚至仅仅是出于冲动而为之。当我与她分别的时候，发觉她所剩下的也不过是对生活的倔强，并不甘心生活的平庸。然而，什么才是精彩，什么才是成就？那时的她毫无任何概念。因此，至今我仍旧在流浪，而她早已找到了自己的方向，

那些年的往事，如同流水一样，在某个不知名的地方潺潺流过。夹带着我的记忆、我的思念、我的徘徊经过我的心头。我并不知道它何时流过，也不知道它是否离开，更不知道未来是否会再次流经。在我这些年漂泊的生活

里，我不止一次面对离别，也曾有过后悔与不舍，然而，时至今日，当再次回顾往昔的时候，多数也不过是对于未来未知的恐惧。最后，我坚信，自己一定会走在成长的路上。

以前对于“离别”这个词，我远远没有书中或电影中那样深刻的体会，曾经我也以为是我生性淡薄，后来才发现其实是因为没有真正地体会到离别所带来的难过与不舍。

年少时无知，短暂的离家即使有些许的惆怅，却也会被放飞的兴奋所取代；外出求学期间，虽然长期远离家人，但有学业的压力，加上可以时不时回家，将思乡的哀愁也淡化了许多；而工作之后的自己，已经习惯了在外的飘泊，心思也更多用在了成家立业之上，即便有想念，也成为了生活的一部分，已经能够坦然面对了。

我也见过因为爱情而苦苦相思的人，工作初期，便住在公司安排的宿舍里，三室两厅，每个房间两个人。我的室友兰，是一位应届毕业生，比我稍微晚一点进入公司。兰的男友是她的大学同学，因为工作的原因，两人毕业之后便分隔两地，每天晚上兰的必修课便是和男友通电话，看上去感情很好的样子，她也从不避讳，有时说到动情处甚至会忍不住抽泣，毕竟年轻时的爱情总是最热烈的，长时间的分离对于双方都是一种煎熬。

好在两人所呆的地方相隔并不算太远，只要有时间，男友就会过来看望兰，偶尔兰也会到他那里去一次，可是对于两个刚毕业的学生来说，自己的收入几乎都贡献给了国家的交通事业，并且每次见面之后的分别，反而让兰的心理有了更大的落差，几乎每次送走男友她都会倒在床上哭上一会儿才罢休。所以当时还是单身的我很是费解，既然如此辛苦，又为何要坚持？既然分离如此难过，又为何要相聚？所以对于这种费钱、费力还费精神的感情，我表示非常不理解。

直到我自己也陷入到一段类似的恋情中。

尽管在当时我固执地将这次相遇归纳成“缘分”这样一个虚无的东西，不过不得不承认，认识丹的确是一件很偶然的事情。因为一次出差，我独自一人到了一个人生地不熟的地方。某天下午，我忙里偷闲到一家咖啡馆小憩，用来缓解繁琐的公事所带来的疲惫，不曾想丢三落四的我在离开时却将手机遗留在了桌上，直到需要用到时才恍然发觉，赶紧返回，尽管已经不抱希望，却还是怀着一丝侥幸。见到丹的时候，他正坐在我曾坐过的那个桌子上，手里捧着一本书，柔软的发丝轻轻垂下，阳光从窗外透进来洒在他的脸上，仿佛整个人都变得透明起来，而他已经在这里坐了一下午。后来他告诉我，因为手机屏幕里有我的自拍照，看上去很可爱，所以他放弃了把手机交给服务员的想法，想要亲自等它的主人来。我不禁脸红，因为那是一张搞怪的鬼脸照，除了狰狞，我再也想不出别的形容词来形容那张照片。

因为种种原因我无法离开这个城市，虽然他也曾提出来到我的城市重新发展，尽管很渴望，可是理智还是让我拒绝了他的提议，因为他在当地已经有了属于自己的一片天地，真的选择从零开始的话，代价太过巨大。无奈中，我也接受了这段辛苦的异地恋情。

这时，我才真正有些理解了兰的种种纠结，比起她我甚至有过之而不及，因为比她年长，需要考虑的因素更多，对于未来的期盼也会更大一些，而且比起兰他们，我们相隔的距离要远得多。多年后回想起来，之所以能够坚持，其实有一部分要归功于双方都已经基本成熟的理智，再加上实实在在的感情才支持我们走过了那段难熬的岁月。

如果说恋情的开始让我慢慢理解了兰，而恋情开始之后的一次相逢与分离，则是让我真正对兰感同身受。那种不舍与想念，对下一次重逢的期盼，每天掐着时间过日子，只能用忙碌来麻痹自己，才能稍微遏制一下已经不受自己控制的大脑，那种想念和别的不太一样，比亲情浓，比友情烈，仿佛就像一种高浓度的酒，只要一点就能轻易让自己昏了头，一碰成瘾，难以戒除。两个女人有了共同话题之后，距离似乎更拉近了一些，我还记得兰曾说过："就算知道有可能没有结果，却还是舍不得在最困难的时候放弃，这样我以后才不会后悔，至少我努力坚持过了。"

已经忘记自己是如何制止了自己不止一次想要不计后果只求相守的冲动，那些难熬的岁月在现在看来，仿佛也有了一种特别的美感，每当想起便沉浸其中，唯有庆幸坚持有了结果，没有等来一场空欢喜。

从此以后，再遇见陷在相思爱情中不可自拔的伙伴们，我不会再去泼冷水，只会给予祝福，尽管知道不太可能，却还是希望他们都能遇到自己生命中那个对的人，有一个皆大欢喜的好结局。

我又想起自己曾经看过的一个少儿节目，里面有一部分讲了一段小小的童话故事。故事说的是，在一个大森林里住着很多可爱的小动物，其中有一头长着一对像蒲扇一样耳朵的小象。小象有一个最好的朋友，是一只嘴巴长长的候鸟。两人每天都在一起玩耍，非常地开心。可是夏天很快就过完了，秋天来临的时候，候鸟来向小象告别，说要飞到海对面的南方去过冬，小象非常不舍，候鸟走后它一直都在想念着它。小象的另外一个好朋友斑马看到它闷闷不乐的样子，便给它出主意，让小象学会用大耳朵飞行再到海的那边去看望候鸟，小象非常地高兴，每天都用耳朵去练习飞行，可想而知，它没有一次能成功，可是它还是没有放弃，一心坚持，只想有一天能真正飞上天空。

当然，既然是童话故事，肯定就有一个圆满的结局。故事的最后出现了一位智者——海狸爷爷，他打破了小象的飞行梦，就在小象因为不能飞行而见不到自己的朋友而沮丧的时候，海狸爷爷对它说了这样一句话："朋友之间短暂的分离，是为了今后更好的相见。"小象马上豁然开朗，找回了自己的快乐。

我想作为一个童话故事，想要表达的道理似乎深刻了一些。小朋友们肯定还不能真正理解海狸爷爷的意思，不过，我却被打动了。

俗话说："天下无不散之筵席。"不管是亲人、朋友还是爱人，每个人都有面临分离的可能，想念不可操控，生活却可以。把离别当成一种动力，对自己更好一点，让自己过得更加丰富，这样，在下一次重逢的时候，就能让对方见到更好的自己，毕竟属于自己的人生从未停止，仍旧在继续。努力克服困难的时候，要谨记：不要让情绪掌控自己的生活,这样才会有坚持下去的意义。

雨打芭蕉

古人喜欢用“雨打芭蕉”来寄托哀思，这四个字仿佛能描述出雨夜粒粒雨珠打在芭蕉叶上，孤客一夜不得眠的场景。看似写景，实则写情。

我曾经很要好的一个女友跟我说过这样一句话：“漂泊之前，我觉得一切都是理所当然的；漂泊之后，我感觉自己每天都是失去。”当时的我并不能很好地理解她话里的意思，可如今我却在实践着她给出的这个真理。我在不断失去，虽然我坚信我在不断吸收，但我所获得的永远无法填补失去的空白。

那年春天，我站在公交站四下张望，不知道即将要到哪里去。向来出门，所有的路线完全由他来安排，因为我当时坚信自己是路痴，而他不是。所以，我喜欢他把所有的路线安排好，我用小本记下来，然后按照他的指示走下去。可是那天，他刚好临时有事出门去，我把小本落在宿舍里。那天，我仅仅记住了要去的目的地，以及大概的公交路线，起止站牌的名字我也不过有一个初步的印象。就这样，我迷迷糊糊地上路了。一路上，我鼓足勇气问行人路线，依靠站牌的指示准时到达了目的地。等事情办好，我立马给他电话，自豪地告诉他我一个人也可以做好。他沉默了一会儿，说，如果可能，希望能陪我做好每一件事。我很感动，告诉他，如果可能，我希望我们能够一起做好每一件事。他高兴地答应我，一定会照顾我。可结局却是，我们却走丢在某个地方，他不再回来，我也不再去寻找。我想，那时的我们或许还很年轻，并不明白过多的承诺到最后都会变成彼此沉重的负担，我们试图做到，最终却无力去做。如果有可能，我希望那时候我不曾说过，后来也不会因此而有任何眷恋。

还记得去大学室友家里做客，他也要一起去。我们三个人聊起当年他和我在一起的时候的情景。忽然，她戛然而止，眼里弥漫着哭意。我立马把他支开买饭，她就那样在我面前放声哭了起来。在那个时候，我才知道所谓断了线的珍珠便是那个样子，双眼中一粒又一粒的泪珠从脸颊上滑落，她毫不掩饰地坐在沙发上大声哭泣。我走过去，拍了拍她的背，试图安慰她。她反而狠狠地抱住我，说她刚和大学时代的男友分手。两人关系本来很好，可男友工作后就变了很多，经常会生气，对她发怒。她也很倔强，男友一旦发脾气，她立马也作出回应。于是，两人就打了起来。这种纠纷次数一多，两人也就麻木了，一天天地越走越远。最后，同学还是受不了长期的战争，选择了分手。本以为男友会挽留，可对方立马答应，两人就此分道扬镳、老死不相往来。

我词穷，不知如何安慰她，只能沉默着，坐在她身边当是一种陪伴。偶尔，我见她哭得厉害，安慰几句，又继续沉默。直到门外响起男友的敲门声，她才停止哭泣，去洗手间洗脸，我去开门。男友指了指手里的热粥，悄声对我说："我见她脸色并不是很好，就买了这个。"见我点头，他得意地冲我一笑。刚好太阳歪斜，阳光照在他脸上，满面的稚气让人忽然有一种感伤。

在那里，我看过太多的聚散离合，就在现在，我依旧在想抛开一切义无反顾地来到这里，到底个中的意义在于哪里。可事实上，问的越多，我也越是疑惑。我到底是在逃避，还是在追求？我到底是在忘却，还是在将他深刻于记忆中？答案不得而知。

后来，我又重新回到那里，我们的终点以及我的起点。打算故地重游，与过去做一个了断。

车到站的时候，刚好是晚上十点，我一个人打车去宾馆。一路上看着路两旁似曾熟悉的景色，不知为何竟有一种物是人非的凄凉感冲上心头。虽然早知道世间万事万物变化无常，可就在短短几个月之间，我竟然变得不大认得这里了。想到夜深，也不便叨扰朋友，因此也就没有告诉任何人。可就在到了那里的第二天，我竟然尤其害怕那里，似曾相识与恍如隔世的感觉交织在一起，我陷入某种思念的漩涡中。我在宾馆里躲了整整三天，足不出户，每天做的最多的一件事就是坐在宾馆窗前的摇椅上，看路上的行人游客慌乱地从楼下走过，每个人似乎都在寻找着什么。急冲冲地来，又急冲冲地回去，我想，要是这样什么也不可能带走。这座城市有这座城市的记忆，有着它记挂在心头的念想，就在它沉睡的千年之间将一个又一个的梦境记录在山川大地之上。或者是满目疮痍，又或是繁华遍地，它从不计较，却又让人魂牵梦萦。我有着对它的思念，可这些人又是为了什么呢？如果只想做匆匆过客，是否曾感受过它温婉可人气质背后的悲哀沉寂？在那座伫立于寒风中的博物馆里，是否曾听到古人哀怨思念的吟唱？或许，每个人都有每个人的心思，我独自抱着四年的眷恋守在这间空房里，暗自嘲讽自己竟然因为一时冲动舍弃了四年的积累。我冷笑着问自己，如果还可以重新来过，是否真的要离开？不得而知，我从不做无妄的假设，如果没有离开这里，或许我一辈子难以感受到如此浓重的思念，也更难想象，比起他，我竟会更思念一个地方。此后离别，我便将那段记忆葬送在这里，不再思念，不再想起。

你说，那时候要不是我们还年轻，你现在是否还能在这里陪着我？

第三天，也是放假后第四天，我踏上了回程的路程，决定绝不一个人重返故地。

一切高歌都不要放在离别的夜里

小时候陪着爸妈到一处景区去旅游，方圆四百里全是农田。放眼望去，一片绿海，波澜壮阔。眼前尽是满目的青翠，生机勃勃，让人流连忘返。当地的居民告诉我，他们喜欢在离别的夜里围坐在篝火旁高歌，以表示对远游之人的依依惜别。

我佯装不知道她要离开，故意不去送别，便把手机调成静音，然后躲在被子里不要听到任何急切的敲门声或者混乱的脚步。我讨厌这种离别的时候，更讨厌送别他人所带来的长久不会散去的惆怅。

我是她的新邻居，某次在楼道里遇到，一见如故，就开始攀谈起来。我们同是离乡漂泊的人，同样在这里种下了希望的种子，都渴望收获一棵能够庇佑我半生的大树。就在半个月前，她告诉我，为工作方便她打算住到城东去。事实上，每次从这里送走朋友，我都会伤心不已，可她竟然是我送走的第一个离别却又离不开的人。虽然我知道离别是人生难免的一道佳肴，因为最后无论是否咽下去都必须要品尝一番，可个中滋味只有自己才能得知。当我问她是否可以在周末重聚，她只是若有所思地点了点头，又继续收拾东西去了。我看她正在忙碌，只能转身离开，感到尤其落寞。未来不可知，我能做的只有在暴风雨来临前组装好一颗能坚强地面对伤心离别的心脏。

我曾问过她，为什么会选择这座城市。她并没有直接回答我，而是给我讲了一个故事。

她有一个表姐，姓林，25岁，未嫁。为了避开父母的唠叨独自一人来到这里工作生活。因为爸妈催得紧，她连续三年没回过家，每年即将过年的时候一定会关机。当然，父母的这种行为也是情有可原的，如果女儿年近三十还未出嫁，必定担心不已。第四年，爸妈出于无奈最终妥协了，说一切都听她的，只要她好好地生活。那时候，她已经快30岁了。要说不着急，一定是骗人的，可她自己也没办法。大学时代谈了一任男友，可对方在临毕业时提出分手，她就一直单身到现在。并非不舍得，只不过当你经历过你认为合适的人后，再也不想走太多弯路。也即是说，她要求并不低。

麻烦事接踵而至，身边全是催着她恋爱的人，任何时候都能让人想起来她还未嫁的事实。随后，她又要迎来一段苦口婆心的劝婚宣讲，最后偶尔还会有人发表结婚幸福感言。更让她大惑不解的是，明明平时不常出门的七大姑八大姨突然间介绍了很多未婚适龄男青年，而且个个英俊潇洒，条件优越。她们坚持要安排一次场面宏大的相亲会，她不得不从早到晚马不停蹄地奔跑在相亲的路上和相亲的过程中。

第一次相亲见面会，一家三口以及介绍人全部已经入座，结果男方姗姗来迟。没一句道歉，坐下就要点菜吃饭。介绍人见场面尴尬，立马开始活跃气氛。可气氛还没活跃起来，男方马上就要开吃。看有长辈在场，不好意思直接开口，就坐在那里看着菜发呆……回到家，表姐立马给她打电话，说今后再也不去相亲会了，把两个毫不相干的人拉到一起实在尴尬。在介绍人眼里，只要适婚，就一定是美丽俊俏或者高大英俊的；凡是念过书就一定才高八斗、学富五车。可实际上，没见过面，不知道对方的品行，人不是为了结婚而结婚的。

其后不久，她又被安排了众多的见面会。工作悠闲，周末双休，这两点不知道为自己带来了多大麻烦。随着年龄一天天变大，她也很焦急，没事业，连婚姻也不顺利。听说有朋友在这里工作，立马就打好行李、订好机票，连夜奔到这里来了。第二天打电话给爸妈说要在这里生活，打算安心在这里定居下来，好好寻找一个自己想要的归宿。无论是结婚也好，工作也好，只要一个人能快乐生活就可以是一辈子。

事情本来没有那么多的对错，无论是父母的经验还是自己的执着，只要没有经历过，就不能武断地认为自己是错，或者是对。

因此，她坚定地认为，如果不经历就不可能知道结果，如果不逼自己，不可能知道自己到底有多强。很多人会说，趁年轻就应该去外面闯一闯，摸爬滚打过后才能更加理解生活本身的酸甜苦辣。刚毕业，她决心过来，带着大学期间兼职打工挣的钱在这里租房、工作、生活。实际上，生活满艰辛，无论在哪里度过，都不可能让人完全顺心。刚开始的时候，她没有那么多钱租房，只能住在青年旅社里。四人间，空间狭窄，住的都是满怀梦想的同龄人。找到工作后，再换到群租房，不用支付那么多押金，但需要每天天不亮就起床赶公交。等工作挣了钱，攒下一笔钱给自己买衣服、换手机、租房。虽然未来一切尽是未知数，但只要活着一天就多一分可能，也就多一分希望。

经过几年的单身生活，她的表姐终于在某次单位集体旅游中遇到她了现在丈夫。大龄适婚，单身未娶，高大英俊，才华横溢，而且她爱他，他也爱她。没有谁能断定她一辈子单身，正如没有人知道她会在年过 30 后邂逅真命天子一样，一切都未知，一切都有可能。

结婚之前，表姐给她打了一个电话，告诉她：生活未知，但自己要想办法让自己变得快乐。从此，她在这里又多了一份期待，或许在某个街角处会遇到那次爱情意外的当事人。

笑看花开花落

陈眉公辑录《幽窗小记》中曾收录明人洪应明一对著名的对联：“宠辱不惊，看庭前花开花落；去留无意，望天外云卷云舒。”它告诉我们，凡事需要一颗淡然的心，才能笑看人间花开花落。只身在外，很多无奈都无法对人说，因此必须要懂得与过去告别，将消极情绪释放出来。

大学最后一年实习，我找到一家不大不小的公司做一份自己喜欢的工作，单纯地以为就会这样一路顺利下去。喜欢的工作、不低的薪水、舒适的工作环境，正是一直以来我所向往的生活。当时的我，单纯并快乐着，总是希望在某个所谓命运指向的地方找到命运安排的路，然后一直走到命运的尽头。从某种程度上来说，那个时候，我漂泊的心已经做好了降落的准备。

然而，世事难料，如果不是一场信任危机，或许我真的会一直那样下去。事情的发生十分突然，一位平时与我交好的女同事在某天突然拿着一份文案找到了我，并要求我在三天内完成修改任务。而当时我正忙着准备毕业论文，且修改文案并非我职责范围内的事，于是委婉地拒绝了她的要求。出乎我意料的是，她立马以前辈的身份要求我停下手头的工作，并按照她所说的改好。就在我以为是在开玩笑的时候，她正襟危坐地坐在我旁边严肃地讲起了工作上的事。就这样，我才意识到自己可能在无形中触犯到了她。果不出所料，后来我不得不面对来自她的各种工作上的刁难和私下生活中的处处针锋相对。另一方面，我正面临毕业的压力，各种事情突然袭来，让我感觉到了从未有过的挫折感和压力。事后我则被告知，由于我的存在，她不得不面临可能失业的威胁，因此把我视为眼中钉。于是，我决定辞掉第一份工作，全心全意准备毕业。

事实上，这件事并没有从我心里完全被移除，反而被扩大。对我而言，这是一次失败的人际交往，我一直以来在人际交往中的消极态度受到了重新的审视，我沉浸在这种失败的心态中无法逃脱。那时候的我，每遇到一个人都会问起这个问题：是不是世界上，只要涉及利益都会变得残忍而无耻呢？我成了一个可怜又可悲的祥林嫂，向每个有关或无关的人抱怨着自己的经历，并期许能够从对方的回答中得到自己想要的答案。我希望每个人都能给我一个肯定的答复；我希望每个人都告诉我，我并不适合这里，告诉我世界的险恶，并劝诫我回家。其实，我当时只是需要一个回家的理由，一个让我结束漂泊旅行的理由。无论从谁的口中得到这个答案，我都会选择回家，结束这次漂泊。那时候的我，消极、失败、被动，种种弱点暴露无遗。

可是，越是从别人身上寻找理由，就会越沉陷于过去的阴影当中无法自拔。每天寝食不安，日复一日地在为未来担忧，为前途担忧。在我心里，自己的人生已经与失败划上了等号，并且一直在失败中。对将来充满了消极的观念，对自己充满了失望和悔恨，我悲观地看待着每一种人际关系和每一件事。从大学开始，我积攒起来的信心，在一瞬间被一件小事给击败了！而这件小事看似微不足道，却被我紧紧抓在手心，试图将它变成心脏的某个部分。即使很长时间后，这件事已经成为往事，而我也已经看不清当时的轮廓，记不得具体的细节，却还是被一次又一次地发掘出来，慢慢咀嚼。在很长时间内，我每做一件事都会想起当时的失败，一遍又一遍地告诫自己，一定不要忘记那次的教训。随后，又把回忆从积满灰尘的台案上重新翻找出来，反复提醒自己其中的过错，再次陈述失败的过程。同时，我也总是逃避来自亲友家人的关心，将这一切都看成一种压力，认为每个人都在迫不及待地推着我前进。这件事严重影响我的每一个行为和选择，让我觉得自己的每次行动和努力都将可能失败，从而最终导致我离开那座城市，选择重新来过。

但那种失败的挫折感并没有随着地点的变化而消失，或者淡化，只要我一天不去面对，不学会与过去道别，我就不可能逃出那片阴影。就在精神临近于奔溃的时候，才突然意识到自己漂泊的目的，我之所以只身来到远离家乡的地方独自努力奋斗，正是为了让自己能在不曾遇到或者不曾想到的场景中不断地去学习成长。因此，漂泊本身对我而言，就是一次又一次的相遇与离别，即使我想要说再见，但至少要先学会永别。虽然生活慢慢地从身边流过，而我自己却一直在忽视身边没有好的景色，抓住过去的失败紧紧不放。最后的下场就是自己也被那场失败的经历牢牢抓住，得不到成长，也更不可能成功。再后来，我重新拾起了漂泊的心，慢慢地把自己放在通往明天的船上。我想，有时候，学会道别也会让人长大。

回忆就好像雾里看花，自己永远看不清楚最真实的场景，却又总是在用丰富的想象来打扮记忆的面容。而最初和最终的漂泊，我都在不断地成长中度过。无论是当时，还是现在，我都在不断地忘记和回忆中。唯一不同的是，我学会了和昨天道别。

第三辑

烟月不知人事改·烦忧

崔护有诗《题都城南庄》云：去年今日此门中，人面桃花相映红。人面不知何处去，桃花依旧笑春风。人世无常，我们并不知何时何地会想起何人何事。看到过过往岁月的穿梭，经历过人世的波澜，最后总能在垂垂老矣的时候想起年轻时的风光。

昨夜星辰昨夜风，画楼西畔桂堂东。每种孤独和寂寞都是因思念而发，每天的漂泊都伴随着无数孤独寂寞，纵使呼朋引伴也不能因此感受到半分的充实，因为我从未有过回归的感觉。每当夜深人静的时候，我总能在梦里回到那个地方，那里寄托着我所有的思念。

我把我最多的梦想寄托在少年时代，也把最多的回忆放在了那里。那时候，我希望自己将来成为一名作家，每天坐在窗前，一边看着窗外人来人往，一边写下在脑子里构思很久的小说情节。每天早晨醒来，浇花、练书法，趁着饭间的闲隙抱着家里胖嘟嘟的老猫坐在庭院里的摇椅上慢慢地思考新的故事。然后，慢慢地看着太阳高升，撑起伞走出庭院，来到某处安静的树荫下，翻看一本自己喜欢的书。随身带一支笔，每看到一处喜欢的句子或者段落，用彩笔画下，记在身边的本子上，打算回家后慢慢回味咀嚼。随后，到街边的小店买一两种喜欢的果蔬做晚上的菜。而后，在夜幕降临的时候，将白天的构思写下来。日积月累，写成一本小说。可是，每次当我再回头仔细看这个故事时，却发现它竟然离我生活的轨迹越来越远，也正是这样才为我营造了物是人非的感觉。

少年时代的我，并没有想过生活本身需要一种历练，也完全没有意识到生活本身并不完美。我没有承担起任何责任，自然也不会明白任何来自职责的快乐。我的生活中，索取往往多于获得。直到后来选择在外漂泊才发现，人总要面对各种各样的责任，在这里，不惧艰险已然成为了一种活下去的必备技能，而梦想也成为了奢侈品。生活本身并不困难，但一旦将自己困囿在某个地方，将生活限制于某个荒芜的沙漠中，毫无想象的空间，生活便毫无趣味可言。

林莎是我在这座城市仅有的几个朋友之一，很年轻，充满着年代人的活力、自信和可爱。我们互相把对方视为朋友，经常相约在周末休息的时候一起吃饭、谈天，她的梦想永远是我们话题的中心。她告诉我，她希望在这座城市能成功立足，赚到足够的钱开一家属于自己的小店，卖自己喜欢的小东西。事实上，每次都是她在对我长篇大论地谈起她未来的小店，那神情就好像一位正在向别人夸耀自己乖巧可爱的孩子的母亲，那正是她在这座城市坚持的理由。一顿饭的时间，被她的豪言壮语占得满满的，我无从插嘴。每次听完她的话，我就会想起自己的生活，我生活得没有她那么自由，或许是因为我把梦想留在昨天了。我并不讨厌这样的生活，但每每和她谈话却总能勾起我的回忆：比起刚毕业的时候，我早已不再是那个我了。

五年前的毕业前夕，正值夏天最热的时候，伴随夏天而来的所有烦躁在与离别感伤的碰撞中，融合成另一种复杂的情感。在最后聚餐的觥筹交错间，我们相谈甚欢，互相约定再次相聚的可能。即使如今每个人在我记忆中的模样变得模糊不清，但那时候每个人眼角的惆怅和迷惘却一直浮出脑海，我们并不明白明天等待我们的到底是什么。整顿饭间，我们三三两两坐在一张桌子旁，亲密地聊着天，说着自己将来的打算。仿佛，我们当晚一觉醒来便能在社会上大展拳脚，家庭幸福美满，生活无限美好。还没说完，又再次抱头痛哭，相互握着对方的手感叹时光荏苒。那天晚上的事，仿佛才刚刚结束，又仿佛很久远。因为太过久远，以致于今天我忘记了那天是谁把酒不小心泼在我身上，是谁抱着我说舍不得，又是谁一言不发默默地在我旁边陪着我。这一切都化成了一片片的暗影倒映在脑中。虽然我已经忘记了每个人具体的样貌，也不再记得当时发生的很多细节，但我知道，他们一定在某些我所不知道的地方成为别人眼中熟悉的风景。而我，在漂泊的过程中，失去了他们，又收获了很多相似或者不同的朋友。呼朋引伴打游戏，细说八卦说时评，每天的生活都如此，但每天陪伴的人都在不断地变化。

后来，林莎因为很多原因，必须提前结束漂泊的生活。临别前，我帮她收拾行李，难免心中有万千不舍。等她再和我说，她希望自己回家能找到一份安稳的工作，找一个温和的人结婚，然后过上安宁的日子。

离别前夜，她对我说，初来乍到，生活的磨砺并没能让她感受到拼搏的魅力，反而让她在忙碌的生活中越来越迷茫，越是到最后，就越不知道自己到底要的是什么。她向来觉得幸福生活无法用金钱来衡量，而成功也没有具体的指标，自己最后得到或者失去什么，只能依靠自身的感知来判断。刚开始的时候，自己因为不甘平庸来到这里，后来却发现自己更喜爱安宁，回到家乡才是最好的选择。于是，她带着无尽的遗憾与落寞踏上了返乡之路。

我明白，每个人都有一段漂泊的旅行，无论是远足还是散步，最后总是要寻找到一棵能让自己飘零回归的大树。从刚开始的迷惘到后来的逐渐清晰，再到现在的心无旁骛，这些年来，我看到了很多，也经历了很多。可是，我无法强求每个人都停留在我身旁，更不能奢望时间不转动，只希望自己还有勇气每天在夜暮时分还能独自看尽世间花开花落，人来人往。

在这里，我送走了很多朋友，也结交了很多新伙伴，没有谁记得我，我也不会挂念谁，因为这座城市里的所有人心已空，因为我把我最爱的和最挂念的记忆留在了我身后的那片土地上。我每天回头张望，然后向前踽踽独行。

庸人自扰之

今天打算熬夜写工作报告，但还未写到一半就坐在电脑前睡着了。等半夜醒来，感到窗外风很大，便走到窗前关上窗子。透过玻璃，只见外面路灯还未熄灭，灯下没有任何行人，剩下的只有落寞的街道。白天时候的繁华，现在已经沉寂在昨夜的繁星中，今天的骚动似乎还没有被人开启。这里充满了欲望，这里从不缺少野心，如今却只有一片月光陪我等待天明。

前几天妈妈对我说，张阿姨家有女初长成，身材窈窕，举止庄重，与我是截然不同的两种人。可不知为何，每次爸妈看到她的时候，就会想起我。所以，爸妈特意让我拍一照片发给他们，让她们看看我现在的样子。听到这些话，我方才意识到已经很久没回过家了，如果不给爸妈照片，恐怕他们早晚会忘记我的摸样。于是我兴匆匆地跑到楼下写真馆里打算拍一张写真，给爸妈发过去。可刚一进门，看到效果图，就又立马退了出来。整个店面挂在墙上的写真竟然几乎毫无二致，如若我给爸妈发去这样的照片，只怕过年回家的时候只能编借口说自己不小心把脸撞伤了。

最后的解决办法是，我找了一个要好的同事，站在公司风景最好的阳台上，照了一张证件照。然后，用手机发给我爸妈，告诉他们那就是我现在的样子。到晚上，爸妈给我回短信，就三个字——“长胖了”。我立马火冒三丈给爸妈打电话兴师问罪，可电话刚接通，妈妈一句熟悉的“女儿”又让我立马心头软了下来。妈妈在电话那头只是一个劲地让我平时注意饮食，尽可能挪出时间减肥，不然到时候嫁不出去。

我冷笑一声，立马还嘴："什么嫁不出去，老妈不也是很胖，最后还是嫁给了瘦骨如柴的老爸？所以说，这个世界还是要讲究缘分的。"

"嗯，你懂得就好，人要讲求缘分，不是自己的，就不要强求。最近听说你那里也不是很暖和，想来你是要我们给你寄被子了。我昨天让你爸帮你把被子晒好了，明天有空就给你寄过去。"我妈顺利转移了话题，生怕我想起什么不开心的事，或者要给我寄被子才是她引诱我打电话的重点。

"妈，你说现在我的被子上是不是有很重的太阳的味道呀？要是我赶不及盖上，那么今年我就一整年都没闻到家乡阳光的味道了。这里天不是很冷，你是不是让我爸把我放房间衣柜里最上层的薄被子一起也晒了？要是的话，就一起寄给我吧。现在晚上虽然有点儿凉，但还不至于盖上冬天的厚被子。"

"都给你想好了，要是天不是很冷，你就盖薄的那床被子。前几天我看你小姨买了一床蚕丝被，说是盖着很暖和，就想是不是给你也带一床。"

"我感觉不需要，这里冬天很暖和，据同事说冬天穿一件薄毛衣就好了。你们也不要老惦记着我，我会好好照顾自己的。"

"对了，上次听你陈伯父说他有一个亲戚，就要去你那里工作。要是有可能，你可以发展发展。"

"妈，你又来了。我在这里很好，也交了男朋友，你们就不要再操心了。好好过日子，别胡乱担心。你都说我胖了，能差到哪里去。"

"嗯，那么你睡觉去吧，我要休息了。你要知道，人老了容易瞌睡，刚才你爸一直坐在旁边打哈欠，我让他先睡了。要是有空，明天给你爸打个电话，他最近一直在看你那里的天气预报发呆，我都看到好几回了。"说完，"啪"地一声把电话挂掉了。

第二天晚上，我依约给家里打了电话。老妈一接通电话就把我啰嗦个遍，最后，才想起来把电话给我爸。

“你被子我给你寄出去了，XX 快递，你注意查收。”

“嗯。”

“最近要下雨，你出门要带伞。”

“嗯。”

“要是你肯听话，回家找一份工作，该有多好。你妈和我都会很高兴的，你也没必要那么劳累，不用加班，下班就回家吃饭。准时睡觉，还有时间看书，你说有多好。”

“嗯，我知道爸妈的心意，但我还是想趁年轻在外面漂泊几年。哪怕受苦，最后或者是后悔，或者是受伤，我都能亲自去体会，亲自去感受。如果回家，我还是会一直依赖你们。早饭要你们做好，吃完我出门上班，你和我妈又是两人开始准备晚饭。而且，这几年的生活让我懂得了很多，我开始适应了这里的天气，朋友也逐渐多了起来，你们担心的问题一点也不存在，又何必为我操心呢？要是让我说，天下本无事，庸人自扰之。你们就操心的太多，其实大可不必为我担心，我一定会照顾好自己的。”

“你这么说，我也不劝你了。天气冷，你还是多注意添衣服。下周有雨，雷阵雨，你出门一定要记得带伞。”

“嗯，爸爸放心。”

“那就这样吧，我们休息了，你也早点睡吧。”

“嗯，爸妈晚安。”

电话那头，爸爸轻轻地挂断了电话，最后我仿佛听到爸爸说话的声音。我知道，天下本无事，庸人自扰之。可自从我出世以来，这两个人就从未停止过为我担忧。

曾经的美好是一种陷阱

今年夏末，正当天气转凉的时候，大学时代的好友来到我所在的城市游玩，并顺便看望我。自从毕业后我们很少联系，她的突然来访让我手足无措。五年未见，我害怕我们早就不记得对方的样子；也害怕相对无言而尴尬；更害怕我们相视一笑，之后便无话可说。人总是在变，人心也在变，或许我们已经在对方的心目中变得面目全非。

我早早地就到了客运站，只见人来人往、摩肩擦踵，我站在离出站口最近的地方看着别人奔忙。汽车刚到站，我就忐忑地踮起脚尖四处张望，好不容易才看见她背着一个貌似很沉的双肩包慢慢走近。大学时代，我们曾是最好的朋友，总喜欢在一起自习、讨论、吃饭、逃课，我们把大学生活的大多数时间分享给了彼此，自以为最了解对方。但现在，她站在那里，一种陌生的感觉却从心底油然而生。她化了妆，大学的时候她是不化妆的；她穿了裙子，大学的时候她从来都是穿裤子；她满脸的烦躁，大学的时候她总喜欢不紧不慢地做事……我一边想，一边快步走过去接过她的背包，挽着她的手回到住处。我们一路上嘘寒问暖，互相陈述自己的近况和未来的打算。当她告诉我，她打算在家乡落地生根、结婚生子时，我才意识到自己也到了适婚年龄，也该为自己的将来做打算了。漂泊把我们分开在命运的两端，我在外地四处奔波，她却在家乡过着安稳宁静的日子。有时候，我甚至怀疑自己当初选择漂泊是否正确，我自己内心真正寻找到的所谓成就到底是什么，为什么我在这里感觉不到任何漂泊的幸福感。可是，到底什么才是我所追求的，我自己也不知道，我想这也无须明白。对于我而言，漂泊本身的意义并不十分重要，我之所以来到这里不过是因为少年时代的执着，我所追求的也不过是少年时代幻想的漂泊。很多事情，直到经历后才会有所感悟，也才能知道是否值得去经历。漂泊也是如此，只有经历过这些年的风雨后，我才逐渐明白自己内心所渴望的未来，当初决心漂泊的原因也才逐渐明晰。或许，这就是我和她的路，曾经相遇就已经很美好。

毕业之前，我们约好一起到N城闯荡，一起合租、就业、做饭、学习、生活。我信誓旦旦地保证自己一定会在N城陪她，直到各自生活圆满，她也希望自己能在孤独和寂寞中得到一次人生的历练。然而，她并没有熬过那个城市干燥的秋季，放弃一切回了家。之后四年里，我带着某种强烈的偏执，一直默默地在等待，希望她能回来。不是因为我害怕孤独，而是我已经失去了在那里坚持下去的理由。虽然一切并没有因为她的离开变好或者变坏，但是从情感的角度来说，我所坚持的和我所看到的永远是眼前所拥有的一切。我站在时间的路口，四处张望，却永远也看不到尽头。在我的梦里，她一直站在门口，笑话我和他老是吵架；她一边玩笑，一边把饭做好；她唱着歌洗澡，然后湿漉漉地坐在沙发上看电视。每一幕就像放电影一样，每一幅画面里她都在笑，而我却无所适从。

虽然时隔很久，但我还是喜欢把过去的一切织成罗网，把自己困在陷阱当中。无论何时，我都舍不得、放不下，也抓不住。我一个人目送她离开，一个人乘坐回家的公交，一个人租房，一个人上班。没有人做饭，没有人打扫房间，没有人开电视，也不会有人再在深夜里洗澡。时过境迁，漂泊的生活却毫无变化。虽然我是一个非常坚强的人，但每当夜深人静，我一个人坐在电视机前的时候，都十分害怕黑夜全部卷走我的勇气。我想，我一直站在这里，可是你却没有回来。

等我们回到家，还没等我招待，她就自顾自地到我的房间开始收拾起来。一边收拾桌上的零食，一边说道："我知道你在没有安全感的时候，就会把房间里的东西清空，只留下最简单的生活用品。"

我沉默，确实如此，我喜欢简单的生活。

"大学的时候，你说你想要来这里碰碰运气，但又有些顾虑，最后我们还一起去了N城。本来我也打算在N城发展下去，但发现自己并不适合那里，每天生活的压力很大，也就想放弃了。但想到留下你一个人在那里，并不好，所以还是坚持了两个月。有一天，我妈打电话告诉我，我爸生病了。虽然不严重，但让我突然觉得很紧张。父母年纪大了，身体也不是很好，所谓子欲养而亲不待，我不希望自己因为一段漫无目的的漂泊而错过很多和父母相处的日子，而且，我一直在给他们添麻烦，这让我觉得自己变得一无是处。"

我看着她，依旧是沉默，其实这一切我都能明白。我的父母也在逐渐老去，而我却远在异乡，他们生病或者不愉快的时候我没法在身边照顾和开导他们，他们开心、幸福的时候我也没办法一起与他们分享。自从我为了自己的任性选择漂泊的生活开始，他们就从来没有断过对我的关心和牵挂，我并不是一个好女儿。

"所以，我辞掉工作又回到我家乡的小城，找到一份安逸舒适的工作。刚开始的时候很不习惯，因为在N城的时候很忙，并没有太多的时间去想自己到底要的是什么。回到家后，重新再思考，却发现自己依旧很茫然。但我还是决定陪在父母身边，找一份安逸的工作过此一生。工作的时候并不轻松，但有双休，也有很多空余的时间来发展自己的爱好，可以逛街、养宠物、种花、看书。总而言之，属于我的生活变多了，属于我的时间也多了很多。我现在发现，人只有在物质和时间充足的时候才可能去思考自己到底想要什么，如果一直处在奔波劳碌中，根本无法判断自己想要的生活。那时候在 N 城的生活，我们都太累，把太多时间耗费在工作上，又怎么可能会有安全感呢？

“我想，我一直在寻找自己漂泊的目的所在，是为了金钱还是荣誉。至今，我也没能想明白自己当初选择漂泊所渴望的成功到底是什么，而我能从中感到的幸福的确也很有限。但我知道，自己发自内心地希望能够坚持下去，在这里立足，成为这里的一员。虽然每天很忙也很累，但我来到这里的目的也逐渐变得清晰起来。我想要的不仅是成功，还希望能够证明自己的能力，我想如果坚持下去或许明天会更好。

“我明白，既然你已经找到了自己的目标，我当然也希望你能够坚持下去。你一直缺乏耐心，很少会这么坚持。”

后来，我们聊了很久，我知道，她回来了，就在我的记忆里。

找到属于自己的幸福

我不是归人，我也是过客。对我来说，每一段往事都有它的主角，有时候是我，有时候是其他人。

李薇是一个很可爱的女孩，也曾经是我的一个合租室友。她长相乖巧，能言善辩，好胜心强，却又敏感脆弱。这位个性分明的漂亮女孩，平时处事拿得起、放得下，对待每件事从不会拖泥带水，将女性的柔韧与坚毅发挥到了极致。如今，每个见过她的人都十分羡慕她的性格、能力，还有成就。就在我离开后的当年，她潇洒地嫁给了一个爱恋很久的男人，算是功德圆满了。与我相比，她显然要顺利得多，也幸福得多。我与当时的男友吵架时，她在谈恋爱。我们冷战时，她在逛街。我在加班的时候，她在学钢琴。我在为感情的事烦恼时，她在睡梦中微笑。当我向她抱怨这些的时候，她才告诉我她曾经的故事。

李薇是家里的独女，在父母的呵护中幸福地长大，从未离开过父母，就连大学也都选择在家附近，方便经常回家。毕业后本想在家乡找一份安稳的工作，按照父母的希望工作、结婚、生子。但事实上，没人能预见生活的发展，她因为一场变故，不得不出外工作，挣钱还债。刚开始的时候，她信心满满，因为自己从小到大无论是学习，还是工作，都不输给男同学和男同事。

她告别了父母，来到N城，打算闯出一番事业给所有人看，让大家刮目相看。

然而刚到N城的时候，她发现现实并不如想象中的那样：她处处碰壁，没有收入，没有稳定的工作，未来沉睡在一片混沌之中。但是，为了生存，她当过餐厅服务员，做过街边发单员，还当过临时钟点工，只要能挣钱的她基本都做过。最后，她终于找到了一份公司文员的工作，打算凭借那份工作攒钱，在N城逐渐寻求发展的机会。但那份工作并不能满足她的要求，因为每个月的收入除了日常的花销和房租外，所剩无几，根本无力还债。如果不是身上负担的债务，或许她就会选择那种安稳的生活，拿着稳定的薪水做着轻松的工作，没有任何野心，也不用面对巨大的压力。但生活从来不会允许如果出现，她必须要面对现实，重新对自己的职业生涯做出定位。

就在拿到第一个月的工资后，她辞职到另一家公司做销售。可是不久后，她当时的男友提出了分手，因为她太忙，忙到没时间陪他。而事实也确实如此，因为刚入行，对很多事并不十分了解，所以她必须要花费更多的时间在工作上，再加上业绩压力很大，她必须随时准备加班。关于那段日子的生活，她曾对我描述过：每天七点出门，晚上九点回家，如果有需要可能还要加班到半夜。整理客户档案，做市场调研，联系生产厂家，每一件事都要迅速学会，不容自己有任何失误。而每当自己深夜一个人打车回家的时候，就会想起前男友，希望他依旧能陪着自己面对所有的事。可是，爱情过期后永远不可能回来，男友分手后很快找到了新的爱情，而自己因为工作的关系，一直处于单身状态。这样的日子让她感到疲惫不堪，没有自己的私人时间，永远处在业绩的压力之下，工作成了她生活的全部，甚至代替了爱情本应有的位置。漂泊的无奈也即是再次，没有父母亲人在身边，远离朋友同学，一个人在陌生的城市里孤身奋战，因此，也就注定比别人付出更多，比别人更努力。虽然家乡的生活舒适安逸，但自己从离开家乡的那一天起，就决定了一定要努力向每个人证明自己一定能像男孩子一样承担起家的重任。于是，倔强的她还是坚持了下来，并积攒了自己的客户源，业绩也稳定了很多。那时候，她高兴地告诉家里人自己不仅能帮助家里还债，还打算在自己所在的城市买一套住房，好好孝敬父母。这样一来，生活就完满了，自己什么也就不在乎了。

一旦看到希望，她就更是把工作当成了全部，每天熬夜加班，出差走访客户，私生活更是变成了奢侈品。但时间长了她也会感到疑惑，自己没有时间逛街，没有时间旅游，没有时间联系朋友，更没有时间谈恋爱，这样的生活真的是自己想要的吗？每当想到朋友们都先后结婚生子，父母也开始催促自己赶紧稳定下来，她也开始犹豫起来，毕竟年近三十，对女人的婚姻而言是一个危险的年龄。于是，她决定自己出来单干，开一家小店，自己做老板，留下时间解决婚姻大事。而且李薇做了几年的销售，基本懂得一些为人处世和销售的技巧，也攒了一些钱，基本条件已经具备。但这种想法却是非常幼稚的，因为开店并没有那么简单。

可是小店开起来后，她才发现小店需要人看店、进货、卖货，并不简单。她周末要看店，点货卖货，为了错开客流高峰，只能在每周的前几天进货。一个人清晨天还没亮就爬起来，拖着巨大的蛇皮袋乘三小时火车到批发市场进货，下午匆匆吃过饭，又要赶回来点货，摆货上架。有时候点货要到凌晨两三点，刚睡下没多久又要起来看店。虽然很累，但想到那是自己的小店，看着它一天天地发展起来就很开心。

就这样，她的生活步入了正轨，我也在寻找属于我的幸福。

笑看春风两得意

我母亲在我很小的时候就一直向我陈述一个观念：所有人的命运都是被安排好了的，你不能违拗，也不能逃避。因此，我们能做的就是珍惜眼前人。我们无论漂泊何处，身边都在上演着各种各样的悲欢离合，固然物是人非，可每一段故事的记忆却依旧坚守在原地，等待我们去拾取。

朋友肖然经常会和我提起一个叫叶青的女孩，以及一个无关爱情的漂泊的故事。

叶青是一个很美丽的女孩，容貌姣好，身材窈窕，尤其是一双大而有神的眼睛，让每个见过她的人都会忍不住想多看几眼，肖然则是一个极其普通平常的女孩。在肖然看来，当时的叶青不仅美丽，而且性格独立主动，浑身上下散发出现代女性所特有的魅力。这一点让肖然羡慕不已，有时候甚至会自惭形秽。

在这片机遇和挑战并存的土地上，对于两个年轻女孩而言一切都是新鲜而有趣的。刚认识的时候，两人同时供职于一家公司，分属两个职能部门，工作上经常会有些联系。因为工作的关系，两个人逐渐熟络了起来，随后成为亲密无间的至交好友。叶青告诉肖然自己毕业后，曾遵从父母的期望回到家乡所在的城市工作，并在那里邂逅了一段浪漫却无疾而终的感情。这段短命的感情让她伤心不已，并毅然决定离开家乡，来到离家不远的X城。不久，她通过朋友介绍来到了这家公司，希望通过自己的努力向每个人证明，自己能亲手得到幸福。

年轻人之间，很多时候依靠的是激情与梦想来维系相互之间的感情，两人因为共同的奋斗目标走到了同一条战线上。肖然把叶青看作自己在这里唯一最要好的朋友，相互鼓励，相互帮助。每个在外漂泊的人都会明白，在这场与命运的战斗中，每天都要面对很多陌生的挑战。从选择漂泊开始，我们就应该明白天下无不散之筵席，人面桃花才是漂泊最佳的定义。从刚开始的相遇，直到最后的分开，每个人的缘分都被写进了这本故事中。因此，如果生命的轨迹有所交叉也不必惊讶，毕竟那也曾经是一段缘分。

这件事的发展正印证了一句老话：生命无常。就在之后的某个早晨，肖然突然发现背后总会有同事对她指指点点，窃窃私语。这使她一度感到非常疑惑，但她知道面对这种情况自己最好保持沉默，谨小慎微向来是她的准则。可是谣言并没有止于智者，相反，每个所谓的“据说”内容越来越具体。这种空穴来风就好似一把无刃剑，让肖然遍体鳞伤，异常狼狈，甚至差点让她失去了继续漂泊下去的勇气和决心，如果不幸福，她就必须要放手：“我每天睡前都会在想，自己就是一个彻底的失败者，什么都做不好，就连人际关系也弄得一团糟。没有人愿意帮助我，就连叶青也逐渐疏远我，我仿佛在一瞬间变得一无所有。有时候甚至在想，如果这段旅程不那么幸福，我为什么要坚持下去呢？可回过头又想，自己和男友约定在这里一起奋斗，倘若还未看到明天日出的征兆就放弃努力，最后自己也不过是一无所获，前功尽弃。因此，我每天加倍努力工作，勤勤恳恳地做好每一件事，希望大家都能看到我的努力。当然，我当时以为这次风波的起因是自己过分懈怠，没能将一切做到尽善尽美，可事情并没有因此而好转，流言反而一天比一天还要不堪。

这件事让我充满了压力，自己也因此变得敏感起来。最后，甚至连男友无意间的自言自语都会让我联想到大家口中的流言蜚语，想到大家在背后的冷嘲热讽。我想，如果再这样下去，我恐怕就会崩溃。于是，我打算辞职来逃避困难。”

当然，最后肖然并没有辞职。某个中午的午休时间，一个妇女突然带着很多人来到公司找叶青，并引发了一阵混乱，就在双方拉扯吵嚷时，肖然晕倒了并被送到了医院。醒来后，她发现四处一片寂静，竟然哭了出来。她在絮絮私语中过了太久，以至于片刻的安静就像死亡的预兆一般，让她感到异常恐惧。三人成虎，无论是怎样的流言，最终都能众口铄金、积毁销骨。

等出院后，谣言风波也因为真相大白戛然而止，所有人仍旧若无其事地忙着各自的事。直到很久之后，肖然才得知整件事情的前因后果。叶青前一段感情的对象是一位已婚男性，也即是她到那家公司的介绍人，那个男人一直与叶青保持着暧昧的关系。可这件事最后还是被那个男人的妻子得知，并决定要报复叶青。岂料，谣言一经众人传播就改变了本来的模样，肖然也因此成了整个事件的最大受害者，本该有能力澄清事实的叶青选择了明哲保身。这个事件发生后，肖然就再也没有见过叶青。后来肖然听说，那个男人离婚和叶青结了婚，她总算松了一口气。她说：“有时候会想过去，那时候我工作处处碰壁，心态很消极，经常会因为一点小事就想要放弃。但一想到男友，又不得不坚持下去，这样就连男友也跟着一起压力很大。她就不一样，虽然也很辛苦，但从不抱怨，也不会过分在意别人的看法。因此，有时候显得比我果断、勇敢，我也很愿意去接近她。她对于我而言，就好像海上的灯塔一样，只能瞻仰，却永远达不到。”

第四辑

等闲变却故人心·恋念

一万句思念，不过在唇齿之间；一声岁月，不过在眨眼之间。你如不弃，我必相依。从此以后，天涯海角，我定当奉陪到底。可惜岁月流逝，人心有变，天地之间难得几处安逸。纵使天妒英才，最终难过情关。若非今生有缘，只能道一句：恋念。

看尽青山风雨中

江南的烟雨季节已经逐渐步入六七月，又是一年里最令人烦闷的时候。人走在路上，烟雨朦胧，总给人一种或真或假、或梦或幻的感觉。当年，也正是在这个时候，我遇见了他。

那年，我独自一个人远赴外地念大学，刚刚结束高中的紧张生活就走进了大学生活，还没来得及回味竟然已经毕业。大一下学期的那个初夏，六七月间的雷阵雨突然降临在某个夜晚，让我的眼镜上蒙了一层水雾，我骑着自行车一路上淋雨赶回宿舍。一路上相安无事，就任意妄行地在宿舍门口快速骑行，身上已经被雨完全淋湿，一阵阵寒意不时袭来。或许是上天的安排，在一个转弯处，我和他撞了个满怀。当我满脸抱歉地向他道歉的时候，他竟然微微一笑，站起来就走了。后来，我们再次相遇、邂逅，最后相爱。我大学四年的生活充满了被人称作是简单的幸福的感情，我心安理得地享受着这份来自上天的恩赐。相爱的时候，他的每一句口头禅、每一个习惯行动、每一个表情我都记在心里，生怕因为某天走失而再也无法聚首。然而，无论我如何反省、后悔，那也成为了一段往事。我想，就在命运的某个转角处，我丢掉了本来手中紧握的幸福。

每个人都会爱，当然也会不爱，但要说心无怨言，只不过是自欺欺人的一种逞强。我曾经深爱着他，而就在那段漂泊的岁月里，却与他走失在人海里。如果让我重新选择，或许我还是会选择漂泊，不过要是知道如此痛苦，或许我宁可不曾爱过，因为享受孤独才是漂泊所能教会我的。当往事已成云烟，或者我的世界也在慢慢地融化。等冰雪完全融化，或许春天也就不远了。

窗外又是一阵风雨路过，企图摇醒整片大地，暖流似乎已经随着它们私奔南去。我站在窗前，看着外面灯火通明，万千的思绪又重新袭来。我想，如果不是因为寂寞，或许我会更幸福。或许正如某人所说，比起享受，我更喜欢回忆。但就在那片经过时光摧残的废墟中，我总是能如获至宝般地拾起一片片记忆的碎片，告诉自己曾经幸福过。虽然现在我们各自已经有了属于自己的幸福，但就在这时，我又突然想起了他。他曾经在我的心里停留过，如今他的背影还映照在心底的某个角落。

刚到N城，我们满心欢喜，都还那么天真地以为随后而来的就是成功。我们各自努力在那座城市的两端，每周周末见面约会，享受短暂的相聚时刻，心里如同打翻的蜜罐一样甜蜜无比。

记得有一次我们出门郊游，路上突然下起了大雨，但我们只带了一把伞。为了让我们都不被雨淋，他搂着我，一面撑伞快走，一面到处寻找可以避雨的地方。可是，地处丘陵地带，除了树还是树，满眼的翠色在雨中显得异常惹眼，竟然都不能成为我们躲避风雨的庇荫。在大风中，我们不时会因为受冷而打寒战，但紧贴着彼此的部分却因为体温而显得异常温暖。直到这时候，我才真正地感觉到两个人行走在漂泊路上的温暖。哪怕窗外风雨交加，只要我们站在一起，就永远会感觉到从他那里传来的温暖。我们相互依赖也好，相互慰藉也好，只要我们还在一起，就会有一种来自生命温度本身的温暖。

看着他着急的眼神，本能地用手将我环绕在伞的保护范围内，为了不让我感到寂寞，不时地对我说一两句俏皮话。见我担心他，又玩笑着紧紧搂着我，把伞低举着，用脸使劲地蹭我。就在那一瞬间，我突然有一种对婚姻和未来的迫切渴望，我希望他能一直站在我身旁，哪怕我们身无分文、居无定所、环境恶劣，只要有他，我就有勇气一起坚持过去。

我记得那天我问他，他是否愿意一直这么爱我、照顾我。

他回答，只要他还在我身边，就一定不会让我受半分的委屈。可是如今，他早已不在我身边，我们身边早已有了其他人的陪伴。我也不会在午夜梦醒时分，感觉到来自黑暗的孤独，而他呢？是否曾后悔过，将我一个人丢在川流不息的人流中？

当时的我，享受着来自他的简单的幸福，无暇去思考未来和现实。我想，如果不是我的任性和自私，或许我们会一直走下去。然而，命运就是这样，从来不会给我任何假设的机会，我必须要毫不犹豫地走在时间的道路上，向前走着。哪怕一个人在挫折中遍体鳞伤，最后陪伴着我的依旧是那份来自命运未知的关怀和慰藉，它从不吝啬地给我一个又一个的惊喜和感悟。

时近午夜，南方夜晚的湿冷让人异常难受，我披上外套，站在窗前向下俯视着回家的道路。那个我要等待的夜归人虽然不再是他，可是这个人却成了如今我最大的快乐源头。我们不会因为现实生活而争吵不休，不会因为各自加班而埋怨不已，更不会因为彼此无心的伤害而冷战不休，因为除了爱，我们还能感受到这段漂泊旅程中难得的温暖，我们彼此躲在这里相互取暖。

世界在改变，人也在改变，我比过去变得更坚强了，希望你也会更成熟。

守候幸福

有的时候我会想，有多少人身边陪伴着的人是自己最爱的人呢？又有多少人可以凭借自己的毅力战胜现实的阻碍最终走到一起呢？或者，有多少人还在相信永远呢？我以为我早已不会再相信爱情的神话。

在我漂泊的旅程中，看到过无数次分分合合，自以为看尽天下事，明白一切道理。我本以为生活中毫无爱情和浪漫可言，以为每一对相爱的人最后都会因为现实的阻碍和物是人非而最终变成世界上最熟悉的陌生人。很多人错过了最爱自己的人，也有很多人错过了自己最爱的人，更多的人因为彼此的无奈错过了一段大好姻缘。因此，有时候我甚至会痛恨这样的生活，太过无奈、太过现实、太过匆忙。漂泊的生活让我们没有时间去爱，也没有精力去相爱。悲欢离合，世界不断地变化，人心也在改变。

那些年，对于爱情我总是抱着被动的态度，一场令人痛心的错过最终导致我以为自己失去了爱的能力，一直沉浸在自己营造的悲伤气氛中。即使身处闹市，也会突然觉得自己茕茕孑立，如同浮萍一般飘荡在一望无际的水面上。虽然与无数人擦肩而过，但还是会有一股莫名的孤独感偶然趁虚而入。有时候，我甚至一度怀疑自己是被上天抛弃在荒漠的弃儿，远离家人亲友，生活在一座难以融入的城市里。街上满是陌生人，路上全是川流不息的车辆，心里却空荡无一物。我把一切都归错于漂泊，如果不是只身在外，根本不可能会有这样的经历和折磨。我太过在意过去，太过在乎自己的感受，因此才往往会忽略身边的很多人和事。

我还在N城的时候，曾在一家公司里担任初级文职。公司里有一对情侣十分有名。公司里多数同事并不看好这段关系，公司领导也在明里暗里劝两人谨慎考虑，纵然两人的上司虽然嘴里抱着一种默许的态度，但也在话里话外也表达了自己消极的立场。因为，在所有人眼里，这是一段很不对等的关系：女孩是公司业务骨干，能力突出，性格坚韧，充分展现了南方女孩的泼辣和干练，而男孩则是业绩平平，经常名列部门所有业务员业绩的倒数前三，性格木讷且固执，全然一副笨大汉的摸样。而且，男孩比女孩小三岁，并不是那么成熟。无论是从能力、性格，还是从年龄上看起来，两人并不那么相配。女孩这么优秀，而男孩那么平凡，而感情的天平永远需要平衡。

两人分别来自不同的地方，多年前一毕业就离开各自的家乡同时来到N城打拼。受限于学历较低这一问题，只能从基层的工作做起，两人后来在工作中相识相爱，决心在N城成家立业。在确定目标后，最主要的事就是挣钱，而要想挣钱就必须要辞掉当时的工作找一份销售的工作。于是，妇唱夫随，在女孩找到了那份工作不久后，男孩随后也到了那家公司。女孩性格坚韧，上进心强，依靠自己的聪明和坚持努力很快就在同事中脱颖而出，试用期刚结束立即成为了公司的销售业绩冠军，而男孩则不同，性格木讷且内向，虽然平时也很努力，但总是给人感觉欠缺了什么，因此试用期结束还没有半点业绩。因此，试用期结束前，女孩找到销售部的负责人请求他能给男孩一个宽限期，容许男孩能在这段时间内迅速成长起来。事实上，当时同样还未转正的她竟然能提出这样的条件，让那位上司吃惊不已，但最后还是答应了。

后来，在一次公司的聚餐中，那位上司颇具意味地说道："那时候，我并不看好这个男孩，以为他一定会顶不住压力离开，或者会坚持不下去而辞职。当女孩过来求情的时候，我也很犹豫，毕竟如果男孩辞职的话，可能她也会离开。虽然说公司并不限制员工之间的恋爱，但也不鼓励大家因为恋爱耽误工作。所以，女孩找到我说出这个要求的时候，我并不是很赞同。但最后，我还是报告上级并恳求同意了这个请求，因为这也算是女孩的一片心。因为女孩的确很优秀，公司领导们也希望能留下她，于是我再三保证一定要把男孩带出来，才换来了领导的许可。当时，我对男孩说，也许你这一辈子都找不到这么好的女孩，女孩爱你到这样的程度确实很难得，希望你能好好珍惜。”稍作停顿，又说道：“我们都知道销售挣钱，但不知道它到底有多辛苦。你以为自己已经做到最好，但实际上还不行，还需要努力。在我答应男孩之后，男孩也很努力，并且逐渐找到了自己独特的方向。当然，不可否认，女孩确实也帮他很多，但在很大程度上还需要自己努力。因为今天我可能会给你资源，但并不能永远带着你，你需要自己找到方向。这一点，男孩做得很好。下班后，大家在加班，他也在。大家回家了，他还在加班。甚至周末的时候，还要求我给他一些工作资料回家做准备。老实说，刚开始的时候，我觉得他不能坚持下去，人也不够伶俐，绝对干不长。但没想到他坚持了下来，并且自己能签单，完成了业绩，确实很难得。”

席间，他们恩爱的场面让我再次回忆起所谓幸福的涵义，我要寻找的也不过是一个陪伴在我身边的人，恰好我们相爱着。我要寻找的是一个支撑我漂泊的理由，无论时光如何流转，希望不变的还是那个能给我幸福的人。我追求的不是已经凋零的花朵，而是守候那段我现在拥有的幸福。

当我已经习惯一个人在外之后，还是会偶尔间歇性地犯下寂寞情绪，次数多了，从一开始的独自沮丧到后来慢慢地转化成找寻调节情绪的方式，有时是深夜 KTV，有时是美食和购物，有时则是一次短途旅行……在做这些事情的时候，我大部分时间都是一个人，因为不愿意把自己的软弱展露在别人面前。

而在我脑海中有着一次最深刻的记忆，也是关于一次短时间的旅程，同样是为了调节心情，选择了坐落在临市的一座很有名的山峰，想晚上开始登山，在早上看到不一样的日出。与以往不一样的是，这次出发之前我在论坛群里随口询问了一句：“要不要一起去登山看日出？”其实只是无意间的一句，却不曾想到真的招来了几个同伴。我是一个在网络和现实中表现差距很大的人，论坛群里的成员都是聊了很久的朋友了，却也仅仅局限在虚拟的网络上，每次聚会我总是会以各种理由推脱，不是不真诚，只是对现实中的自己太不自信，害怕不能让其他人接受。

要和我一起出发的有两个男生和一个女生，目的地不算远，一个多小时的火车加上十多分钟汽车便能到达，因为是为了看清晨的日出，所以我们决定下午出发，到当地吃晚饭，稍微休整之后便可以开始这次的登山行动。碰头地点直接定在了火车站前，我是一个很守时的人，再加上要面对陌生人的紧张，所以提前很久就赶到了约定地点，没有其他人，只得一个人坐在 KFC 旁边惴惴不安地观看。

最先来的是其中一个男生，他在网上的名字“AHA”，翻译过来就是“果酸”的意思，所以大家都叫他酸酸。酸酸个子不高，却很胖，身体、脸蛋和五官都是圆圆的，戴着一副黑框眼镜，看上去有些像歌手尹相杰，除了长相，他最引人注目的地方就是背后背着的一个大大的摄影包，里面装着一套专业的摄影设备，还有一个三脚架，他说只是为了能到山顶上拍到最亮的星星。庆幸的是，也许是因为酸酸的随和，些许紧张之后，我逐渐变得自在起来，慢慢地也能像在网络上一样与他畅谈了。

就在我和酸酸聊天的期间，另外两个伙伴也到了，男生叫冰，女生被唤作水手，只因为她的头像是大力水手鼓起肌肉的图片，两人是一起到的。和酸酸刚好相反，冰长得高高瘦瘦，笑起来很温暖；水手看起来很小，一问才知道只比我小了两岁，一张娃娃脸很可爱。不过最让我惊奇的却是，两人竟然是情侣，而牵红线的便是我们共同所在的那个论坛，看样子因为之前的矜持，我已经错过了不少好戏，不由感到有些遗憾。

一路上说说笑笑，列车很快就到了站，因为已经来过好几次，我轻门熟路地带着他们打了一辆车便往最终的目的地行驶，在熟识的旅馆就过餐，安顿好行李后便开始了我们的日出之旅。除了我，他们都是第一次来到这里，于是我还做起了不专业的导游，给他们讲起了一些关于登山的知识和我之前来的一些小经历，让他们兴奋不已，特别是水手，一直嚷嚷要赶紧上到山顶去看美景。可惜好景不长，出发还不到一个小时，大家就都已经累得不行，再也没有了刚才的兴致，而这座山最高的地方有一千多米，此时我们所在的位置还不到整个行程的五分之一。要是在白天，还有别的交通工具直达半山腰的索道，而此时除了黑黑的山道，就只剩下偶尔飞过的萤火虫陪伴着我们。坐在路边休息的时候，水手开始后悔，拒绝了山脚下摩的司机的拉客招揽。她说摩的是晚上专门在山脚揽客的摩托车，一般一辆车坐两个人，可以把游客送到接近山顶的地方，最后只需要爬一段阶梯便可以，只不过一开始我们还是把路程想得太过于简单，加上对安全性的考虑，还是拒绝了司机们热情的招揽。现在最辛苦的应该是酸酸，原本就很笨拙的身体加上那个巨大的背包，月光下能看到他已经汗流满面，只顾着喘气，连说话的力气都没有了。

看到大家萎靡不振的样子，我开始有些后悔，早知道就不这样安排了。对于第一次爬这么高的山的人来说，确实会有些吃力。可能是感觉到了我的沮丧，善良的水手很快地转移了话题，还提议说："反正是出来玩儿的，能爬多少算多少，爬不动就坐一晚上，空气多新鲜，还有萤火虫呢！"冰和酸酸不禁失笑，纷纷附和，我感激地看向水手，虽然天很黑，可我还是感受到了水手那双眼睛里亮晶晶的神采。

于是，一行人走走停停，也不再去管时间，一路上慢吞吞地向上爬，偶尔抓只萤火虫，讲讲鬼故事和笑话，倒也其乐融融。耳边还响着从旁边树林里传来的昆虫叫声，甚至有了一种惬意的感觉。只不过，几个小时之后，我们才仅仅到达了半山腰，照这个速度下去，日出肯定是要泡汤了，虽然朋友们都表示了无所谓，可是在我心里，不能按约定让他们看到日出，始终有些遗憾和愧疚。不过，就在我暗自伤神的时候，可敬的摩的司机又出现了，比起在山底时的不屑，此时他们的出现引起了我们的一阵欢呼，尽管价格比山底要贵了差不多三分之一，我们也都全盘接受，哪还管什么安全不安全，两人一组赶紧爬了上去。

伴随着阵阵凉风和摩托车呼隆隆的声响，我们一路呼啸着到了山顶的阶梯下面，虽然当时是炎夏，山顶的温度还是低得离谱，因为从未在这个季节上过山，所以连我都没有想到这一点，加上经过摩托车的洗礼，一群人穿着单衣站在山上瑟瑟发抖，几乎都快要冻成冰块。还好幸运之神没有抛弃我们，就在我们苦恼的时候，山顶出租军大衣的摊点竟然开始营业了，又是一阵高兴的呼叫，此时形象也不顾了，每人套上一件军大衣，向最后的目的地前行。

终于我们到达了顶点，此时时间还不到凌晨四点，山顶却早就有人在等候了，还有一顶顶露营的帐篷，酸酸架起了自己的机器，拍摄着天空中美丽又明亮的星星，还有坐着休息的游客友善地邀请我们一起，此时我们才真正地感受到了那份登顶的快乐，这也是我之前从未经历过的。

天空渐渐泛白，东边慢慢地出现了一片橘色的云彩，人们停止了喧闹，静静地站在一起等着太阳跃出的那一刻，周围只剩下摁快门的声音，仿佛连呼吸都停止了一般，当激动人心的那一瞬间到来，已经无法用言语去形容当时的那种美丽和那种无与伦比的感动，记忆永远停止在了那一刻。

这次旅程之后，我开始尝试改变自己，试着去接触更多的人，结识更多新的朋友，我时常会想起在山顶的那一晚，就是那样一群原本素不相识的人聚在一起，穿着破旧的军大衣一起喝酒、聊天，没有隔阂与地位的高下，就是那样一份萍水相逢的情谊，却让我无限地怀念，我不知道因为自己的矫情与不自信已经失去了多少机会，不过，我知道从现在开始，还为时不晚。

各自的风景

昨天，这里下了一夜的大雨，我在睡梦中隐约觉得窗外风雨声不断，一袭凉意从脖颈处逐渐蔓延至全身。我起来盖好了被子，看了看窗外，又想起她来，不知道同样远在异乡漂泊的她如今是否也一样在风雨中安眠?

我有一个从小一起长大的好姐妹，同年同月出生，她比我大半岁。我们从小一起上学、写作业、玩耍，形影不离，俨然一对亲姐妹。后来，我离开家乡念大学，她则选择在家附近的大学里念书，就此我们走在了分岔路的两边，她左我右。命运里，每天都会有不同的相逢，当然也会与不同的人分别。可是，我和她的人生轨迹却并没有因为曾经那么亲密而有很多交集，我站在这头喊话，她站在那头应答。我想，生活就是这样，你不能期待任何一个人能永远陪伴你，但一定要感激那个曾经与你交好的人。我爱她，就像爱我的亲人一样。

我和她彼此太了解对方，因此，我们更多时候会心照不宣地理解对方每个动作表情的涵义，她也能完全容忍我偶尔的任性。还记得高中时因为高考的压力，我有时候会变得不可理喻，随时随地发脾气。虽然我明白，只有真正关心我的人才能被我的任性妄为所伤害，如父母，如她。有时周末相约逛街，我甚至会因为一些小事发脾气，扔下她一个人回家。事后虽然后悔不已，但永远不会道歉，因为我知道她会一直包容我。可是，现在仔细回想，人一旦长大进入社会，就不会再有人包容我，能永远原谅我的每一次过错失误。就好像只有父母会一直无私地爱着孩子一样，我并不能奢求任何人都能像父母那样爱我。一直到现在，我永远也找不到像她一样真正地能容忍我、关心我的朋友了，在人潮汹涌的世界我们没能像年幼时一样手拉手地走下去。

大二那年的隆冬，路上都积满了雪，白皑皑一片，突然意识到自己已经很久没有和她联系，便给她打电话。对方很久没有应答，我等在电话旁边，站在阳台上看着路上匆忙的行人和被白雪覆盖的世界，突然不由得感觉到寂寞。那时候，我才发现自己生活里开始没了她，我们可能永远都会像这样，等待在电话旁边，不知道对方现在怎么样、在做什么、有什么样的心情。我们不再会因为一时兴起，跑到对方家里，一呆就是一天。我们不再会因为对方不开心，沉默地陪着对方，直到对方心情变好为止。我们不再因为一本喜欢的书，立马跑过去分享，然后叮嘱对方看完之后一定要交流。空间上遥远的距离，拉远了我们之间的距离，让我们不能第一时间陪伴彼此走完人生道路，更不能分享彼此的苦与乐。

直到傍晚，她才给我回电话，告诉我之前因为有事，不能立马回电话。

我说，我担心她，很希望能立马听到她的声音，很希望能知道她的近况，很希望她从此不要不理我。

她安慰我道，她一直会是我最好的朋友，无论之后会怎么样，都将永远是我最亲密的人，也不会因为距离远而疏远我。

之后，她告诉我她恋爱了，交了一个同校的男友，两人很投缘。她告诉我，那个人很优秀，能写一手好字，能说笑话逗她开心，还能带着她四处旅游。但是，当我在大脑里试图重新构建一个形象时，却发现一无所获。到底是怎么样的一个人，或高或矮，或胖或瘦，喜欢写字男孩的手应该很漂亮，喜欢旅游的男孩会比较开朗吗，这些我都一无所知。

她告诉我，他很温柔，很爱她，很宠溺她，还会在她不舒服的时候给她买吃的，并送到宿舍。但是，我依旧无法在大脑中勾画那个人的形象，到底是怎样的一个人，是不是一直会对她很温柔，是不是会在她生病的时候一直送饭，是不是会一直宠溺她，我也不得而知。她本来就是一个温和的人，对她而言每个人都应该是善良而友善的。

她告诉我，她准备和他去附近的景区旅游，到时候会拍照片传给我。他们到时候会吃当地的名吃，真希望我也能尝尝。如果可能，希望我下次一定要和她一起去。但是，到底是怎样的一个地方让她一定要带我去到那里，到底是怎样的美味让她一直挂念，我毫无印象。

我们仿佛身处两个世界，她有她的幸福，我有我的快乐。我一直沉默地听她把所有的话说完，慢慢地在大脑里想象她所描绘的景象，但眼里只有一片雪白。

我告诉她，我这里下着雪，漫天的雪花，还有撑着伞走在路上的行人。这里种了许多松柏，冬天也是一片绿色，即使树上积雪已经很厚还是能看到雪下面的苍翠。这里冬天的风很大，竟然能把我新买的伞吹折了。这里的冬天竟然也会下雨，淅淅沥沥地吵得人不能睡着。最后，一段时间的沉默让我结束了自说自话，我一边哭一边说："我很想你，想和你在一起上大学，想看你男朋友长什么样，想和你一起去旅游，想和你一起吃小吃，想和你在一起。但是，我回不去，我有自己的梦想要追求，有自己的想法要实践，有自己的人生路要去走。无论我走到哪里，我都无法摆脱孤独感，因为我把你们丢在了家乡，而我却一直在别的地方。你的男友我看不见，你的快乐我分享不到，你生病的时候我也不能帮忙……"

后来，她安慰了我很久。从那时起，我才明白，一旦远离就不可能再度重逢了。我们都在改变，她将有属于她的崭新生活，我也将走上自己一直期望的道路，最后越走越远。虽然我们依旧是彼此此生最亲密的朋友，但我们终将要去追求属于自己的生活、事业和幸福，我们最终还是要因为很多现实的原因做出各种各样的改变，再也不可能回到原点。

蓦然回首，那人却早已不在灯火阑珊处，我们各自在奔向各自的光明。

前方是条不归路

最近，南方天气并不是很好，虽然四季温差并不太大，但对于我而言已经足够享受到南方冬季湿冷的困局了。就在上个月，我送走了我在这里的一个朋友。由此，我再度陷入孤立无援的境地。

她总说："痴人说痴梦，傻人有傻福。"因为坚信在这里有她所等待的幸福，她不远千里从东北雪重之地来到这座四季绿野的城市，感受南方特有的湿寒与湿热。她孤身一人，无牵无挂，唯一的信念就是在这里闯出一片天地，告诉父母亲友自己并没有做错选择。我一直笑她太过天真，生活是给自己过的，无论如何都不要因为赌气而过来。

就在她即将要过来的前一个星期，我告诉她：这里可能没有你熟悉的气候，夏天会很热，冬天也不是很暖和。这里也没有你喜欢的味道，你要习惯南方的糯米和细粮，面食会很少。这里更没有你喜欢的人，可能出门的时候，你看到的多数不是笑脸。当然，最重要的是，在这里遇到挫折只能通过电话哭诉，身边可能没有一个熟悉且能倾诉的人。有时候困难不是敌人，孤独才是最大的对手。承受得住孤独的人才可能享受到凌寒独自开的骄傲，可从古至今又有多少英雄豪杰功败垂成。要漂泊，你就要想清楚。

她激动地告诉我，她做好了一切准备。

某天 6 点整，我接到她的电话，让我去接她。一个瘦弱的女孩，身上背着沉重的双肩包，两手拖着一个巨大的行李箱，站在快速行走的行人当中。她四处张望，我早就从眼里的青涩辨别出了她，快步走近她。她咧嘴微笑，开心地说："真开心，还以为你不会来呢。"

我无奈地摇了摇头："你一个人无亲无故的，要是我不来，也放心不下你一个人。现在正是高峰期，你还带着那么多行李，如果我不过来，你要打算怎么办?"正说着，我接过她手上的帆布单肩包，颇有些分量。

她嬉笑地答："我知道你一定会过来。而且，我带了钱，可以打车……"我立马捂住她的嘴，财不可露白的道理竟然对她毫无影响。

我再次摇头，带着她来到我租住的地方。"你在这里暂住一晚吧，明天再回朋友借给你住的地方，现在不早了。"虽然嘴里满是责备的语气，但心里还是一直把她当作我的妹妹一样关心："你早点休息，今天累了一天了。这里有无线网，可以上网，密码我给你写下来。"

她是我从网上捡来的小妹妹，大学刚毕业。我当时正在帮公司的人事在网上发帖招聘，她应聘，给我发了简历，并大致询问了一些情况。出于负责的态度，我一遍又一遍地帮她咨询人事。最后，人事部决定让她过来面试，而我成为了中间人。要是给我一颗后悔药，我一定不会那么做，因为就在她入职的当天，也即是我入职的第十天我辞职了。我没能尽到作为姐姐的责任，我并没有事先做好说明，更没有告诉她最有可能遇到的情况。

那份工作是我在这里的第一份工作，寄托了我浓重的梦想和野心。每天，我都在老板制作的上市幻觉中做着自己微小的梦，渴望能从他逐渐发展壮大的事业里实现自己的价值。事实上，这一切错误的根源并非在于做梦，而是在于我和她都不是啃着马铃薯做梦的小孩。日日夜夜的加班令我感到迷惘，重复无聊的会议让我惶恐万分，每天不是在工作，就是在检讨工作的过程中。短短十天的工作，让我所有的自信消失殆尽，也令我感到万分迷惘——到底哪里才是我的梦想，到底什么才是我所追求的。

她背着老板，在别人加班的时候悄悄地为我送别。是夜，黄昏来得特别早，天边早已被霞光染成一片红色，路灯刚刚点亮，我安慰她明天的阳光或许会很好。她微笑着点头，突然说："我过来这里，主要是因为有你，如今你走了，或许我也不会长久地待下去。"

我从一片失落中回过神来，道："每个人有自己的道路，你不要为了我，我也终将不会为你负责。这一点，你必须要明白。"

她重重地点头。

"如果有空，你可以过去找我，近期内我应该不会搬家。"

她又再次点头："你要多保重，我一定会去找你的，时间就定在这个周末吧。"

我看了看她，轻轻地摇头："你面试的时候，难道他们没有告诉你是做六休一吗？周末休息，你如果去看我的话，可能连休息的时间都没有。无论如何，我都是你在这里的朋友，有什么困难可以找我。"

"我知道，以后如果我有空，一定会去找你。"

我们肩并肩走着，路灯把我们的影子拉得很长，在身后仿佛两条浓墨涂抹而成的长线，画在灰白色的宣纸上，彼此无交集却又彼此相伴。

简短地交待几句话后，我坐上最后一班公交车赶回家。

一周后，她告诉我，她被辞退了，因为经常加班，效率太低。她打算到我的住处借住一段时间，再找一份能养活自己的工作。不到一周时间，她又重新入职，搬回朋友借给她的住处，直到我送走她。

"车上人多，你要注意安全。"我仔细交待她，她点头答应。

此后，我们很久没有再联系，直到前几天她告诉我：她现在感到很快乐。我知道，她是一个容易幸福的孩子，只不过来到了这座不容易获得幸福的城市罢了。

有时候我在想，要是重新选择，不去漂泊的话，是不是会有这样的境遇，会有这样的心态？每天看见不同的人从眼前经过，远远看见的永远是灰蓝色的天空，心想，这些林立的高楼大厦挡住了北飞大雁的路，也阻隔了每个人之间的情感。在这条崎岖的道路上，我要何时才能走到尽头。

那时候我和邹游同为应届毕业生，在一场招聘会上相遇，并成为了朋友。如今我们隔三岔五地联系着，偶尔会寒暄几句，聊聊彼此的近况和打算。但这也仅限于双方都有闲的时候，我们通常都是在忙着各自的事，因此很少联系。他是我可有可无的知心好友，我们最懂得彼此的孤独，也最能明白在异乡奋斗的心情。因为，我们同样都选择了漂泊的生活方式，我们互相见证了彼此的成长。

那时候，我们都还很年轻，可谓“意气风发，指点江山，激扬文字”，一切都因为我们还很年轻。还记得那时候，他告诉我，他打算在那里成家立业、娶妻生子，给家人创造最好的物质条件。他要做一个优秀的丈夫、慈祥的父亲和孝顺的儿子。他还希望自己能在而立之年拥有自己的事业，等条件成熟，就出来创业。然后，功成名时就急流勇退，回到学校继续学习，把孩子培养成为一个优秀且有教养的人。孩子长大独立后，把毕生攒下的大部分钱拿出来，和老伴一起周游世界，把前半生想要看的风景和故事都攒到那时候看完。最后，在儿孙满堂的日子里安享晚年。

我经常会嘲笑他这个想法过于天真，人生哪会那么如意，怎可能让一个人如此安然地度过一生。虽然我的人生并未经历过任何巨大的波澜，但从我父母亲长辈身上却能看见岁月摧残的痕迹，以及他们与命运搏斗后留下的伤痕。或者说，从我父辈的身上，我消极地看到了一切风波的险恶。而他却不同，自恃年轻聪明，希望能在江山代有才人出的社会里通过自己不断的努力，攀上生命的高峰，傲视群雄。相比起我的杞人忧天，他是一个乐天派，什么事都不能打败他。我们都渴望在社会上有所成就，以期能证明自己的价值。但到底什么才是自身的价值，我们之间却又有着很大的意见分歧。他把成家立业、家财万贯和周游世界作为自己最终努力的方向，而我则认为一个人但凡活在世上，只有每一天都能接受不同的挑战，虽不致做出惊天动地的行动，但也需要让自己每时每刻都能感受到来自生命神秘感，从而引起身心的触动。他喜欢挖宝，而我喜欢冒险。如果他是国王的话，那么我只能是海盗。我喜欢漂泊，是因为我能从中感受到活着的气息，每天都能嗅到来自新生活的气息，他则不同，他希望从这份艰难的生活中得到自己想要的名利和成就感。不过，我们都渴望漂泊能把我们所想要的一切全部给予我们，为此我们在漂泊中不断奋斗着。

可是，我的想法过分浪漫，有时候甚至显得有些天真，这种性格让我在工作和生活中遭遇很多挫折和磨难。他也在巨大的压力下生活着，每天睁开眼想的第一件事就是赚钱，全然忘记了自身的快乐。记得，他曾告诉过我一句话：“你不要把一切与自己的喜好划上等号，并不是每个人都那么幸运，能找到一份自己永远喜欢且能让自己永远精力充沛地去做的工作，人必须要面对现实。”现在看来，这句话或许是对的，但那时候我并不以为然。既然我经历了千辛万苦去追寻这个梦想，就意味着这就是我此次漂泊最大的意义所在。如果我仅仅因为现实就选择放弃它，与背叛自己有什么区别？何况这个梦想是我最初的力量源泉。

而后，我们各自按照自己的方向努力着，在工作中不断锻炼磨砺自己。事实上，他的话确实是正确的，因为并非每个人都能在生活中完全如意。我心中时时挂念着那个梦想，希望自己有朝一日能实现它，成为一个优秀的策划。然而，求职的时候四处碰壁，就职后却经常会灵感枯竭。有时候，我在想，自己到底是为了什么才会选择这个职业，到底又是为了什么才会选择漂泊到一个完全陌生的地方。问题永远不可能有答案，因为每当我感觉到失落绝望的时候，却发现自己连黯然伤神的时间都没有。工作经常需要熬夜早起上班，赶公交车，根本不可能有时间容许我去思考任何无关的问题。

在我到了N城后，我们曾有一段时间频繁地进行电话联系。

一天午夜，他在电话里告诉我，他的状态并不好，工作压力也很大，整天面对各种各样的数据，每一天都有很强的挫败感，因为自己经常会在工作中出现这样那样的小失误。每一天做的最多的是看着数据慢慢核对、计算、整理，但收到最多的结果却是重做、修改。一旦有空，就要跟着师傅出去跑工地，测绘、画图，视察工地。由于三餐不规律，再加上长期睡眠不好，导致自己竟然得了胃病。有的时候晚上加班，熬夜画图，因为一个小失误又是一个晚上不睡。但每个人都认为自己的这些努力是应该的，每个人都看着我，每个人都催促我快快长大。但是，看着每天犯的错误，我甚至怀疑自己到底是否适合干这一行，是否真的能如愿成长起来。

这样的电话重复了很多天，他的每一通电话都是负能量，甚至也将我拖入了黑暗的漩涡。直到我受不了，于是，我告诉他，如果我们不努力，可能连成长的梦都不配做。他突然沉默了半分钟，然后匆匆道了声晚安，挂断电话。

后来，我们重新联系的时候，他已然不再是当初的样子了，从他的表情里，我似乎再也不能看到年轻时候的稚嫩和天真，是一种与时间共同成长的老练和世故。谈笑间，我们似乎不能再打开心扉，总是寒暄几句后，又开始自说自话。他依旧在谈论自己的事业有成，而我往往只能报之以沉默。

我始终也无法问出那句话：你当初的梦想，是否早已埋藏在某个夜晚回家的十字路口？往事如烟，随风飘逝。

第五辑

泪眼问花花不语·伤痛

今年今月，飘零无处可依。若不是华灯初上，繁星点点，我怎会寻得你在何处。恐怕世事无常，你说永远，却怎奈情丝难系。纵然最后君有两意，切莫与行人说，漂泊难免伤痛，自是诀别。料定重楼高阁，定不分寒暑，但曾经有你，足矣。

来不及的道歉

母亲曾告诉过我一句话：事情还没有完全结束时，你永远无法判断自己做的到底是对还是错，也永远无法估测自己的选择到底是好还是坏。可是，她并没有告诉我，无论我作出什么样的选择都无法逃避生活本身所包含的痛苦和伤害，或许这就是母亲一直坚持的属于我的命运。

昨天晚上，我又做了一个梦，梦见我站在一座高楼楼顶，四下望去竟然都是一片迷雾。我站在那里很久，四面有微风吹来，似有似无地轻抚着我的脸颊。不知为何，我对那个地方有一种似曾相识的感觉，但到底什么时候在哪里见过它，我却想不起来了。

我不慌不忙地沿着四周早已生锈的围栏走着，一边走一边在唱着歌，旋律也非常熟悉。但仔细一听，我却又听不出是哪一首歌，只是觉得熟悉。突然，只见眼前迷雾中似乎站着一个人，他侧身对着我，眼前被迷雾遮挡着，我竟看不清那人的摸样。随后，在我试图靠近的时候，迷雾瞬间变浅而后消失。然而，眼前依旧一片模糊，依稀只能看到那是一个男孩，年龄大约 20 岁左右，正站在前方的围栏前。他好像在想着什么事，眉头紧锁，甚至没有察觉我的存在。我感觉自己好像认识这个人，立即开心地向前跑去，试图去抓住他的手，想要问他这里到底是哪里，我们为什么会在这里，为什么我看不清所有的东西。

可还未等我靠近，他就转过身来对着我，仿佛要说什么，立马又闭上了嘴。他倔强地抿着嘴，眼里写满了心事，似哭非哭地看着我，我竟不知如何是好。我尴尬地笑了笑，讨好似的走过去，想仔细看清他的脸。可就在那一瞬间，只见迷雾又开始聚拢，他又变得模糊了起来。就在这时，我听到他哭着喊道："姐姐，你不是说要帮我的吗？你不是说你会一直做我姐姐，不会让我孤零零地一个人在那里吗？"我就站在那里，一直沉默着，心想：可是他不是那样子的啊，他从不会埋怨，更不会以这样的口气埋怨我。

可还没等我开口，只听见扑通一声，我立马刻向楼下望去。迷雾还未完全散去，只见一片模糊中星星点点的猩红显得格外刺眼，随后，我大喊着醒了过来。这件事过去了那么久，如今我却依旧历历在目。

那年秋天，我在某地做志愿者，主要负责初级工作。我的搭档是一个比我小几岁的小男孩，我们主要负责与志愿工作对象进行沟通和前期的辅助工作。他当时还是一名高中生，我也才刚毕业，因此两人之间也有很多共同话题，整个团队中就数我们两人的关系最好。一直以来，他给我的印象是一个腼腆、善良的男孩子，有时候看起来很开朗，有时候又过于内向，工作时十分有耐心。我虽然身为女生，有时候也会因为一些小问题而烦躁，但他总是能平和、细心地应对所有问题。这一点让我感到自愧不如，因此有时候也会在不经意间仔细观察他的每一个动作，但总会感觉有的地方不对劲。

后来，熟悉了之后，他管我叫姐姐，并且经常会在我面前流露出不开心的表情。我想，那时候他是信任我的。可是，有的时候，我发现自己身上并不具有很多年轻女孩所具有的平和，有的时候甚至会显得暴躁不安，给人漂浮不定的感觉。因此，有时候我把别人的信任当成了一种负担，努力去背负，却从来不给予回馈。我想，我曾经的所作所为或许是一种隐性的不负责。

在某次组员聚会中，我偶然得知他有强烈的抑郁症，并且因为某些异于常人的习惯或偏好，被确诊为精神分裂。那时候，每个人都以异样的眼光看他，甚至连他的父母也都从各方面给予他巨大的压力。有的时候，我甚至会想，要不是那个事件，或许就不会有后来的事了。

某次，我和他一起回家吃饭，两人有说有笑地来到了他家。刚打开门，他父母显得十分开心而紧张，一直笑着问这问那的，气氛显得特别奇怪。正当以为他对父母说了什么、正要解释的时候，他竟突然发了一通脾气。他气愤地说道："我都说了不是，你们还问东问西的，不可理喻！"然后，迅速走进房间，重重地关上门。我与他父母尴尬地笑了笑，自顾自地说着驴唇不对马嘴的话。突然，他母亲竟然哭了出来，悄声带着哭腔地说："医生说他是正常的，只要按时吃药就会好了，可为什么会这样……我到底造了什么孽啊？老天要这么对我……"见我在一旁尴尬地笑，他父亲才反应过来，把妻子带回房间。我一个人在客厅的沙发上，傻傻地愣了半天，直到吃饭时间才见他从房间走出来。

我记得，那时他无力地笑了笑，说了句，吃饭吧，就兀自坐到餐桌旁。这样的就餐气氛是我见到过的最冷清的一餐饭，他坐下来一个人慢悠悠地吃着饭，而我也在一旁安静地等着他的父母，四处张望着。

"不用等了，他们不和我一个餐桌，他们信佛，不吃荤。"说完，又迅速添上饭，吃了起来。

后来是怎么结束的我早已记不清了，只记得他父母红着眼圈儿送我下楼，一路无话。后来，从他表哥口中得知了事情的真相：他因为某些异常的行为引起与父母之间的矛盾，父母花了不小的一笔钱将其送到心理诊所去检查，说是精神分裂。他很反感，但又无可奈何，长此以往竟然还真得了抑郁症。因为害怕他有什么事，他父母也是处处让着他，甚至改信佛吃素以求他有朝一日能恢复正常。这让他产生了巨大的心理负担。

后来，我为此决定疏远他，随后不辞而别，来到了这里。后来，我听说他还是去了，就在我离开那里之后的第二年。一次他和父母吵架后，他一气之下就爬上了楼顶，然后从那里跳下去了。从他父母口中得知，就在我离开后的第二年，不知什么原因他的病竟然被所有人知道了，此后不久他因为受不了别人的冷嘲热讽，病情一直恶化……

此后，我一直会在噩梦中梦见他，他站在那里埋怨我从来没有实现诺言留在那里陪他走下去，或许如果我留下来，至少还可以保护他不受别人的影响。可生命从来不会给我重来的可能，而从我选择漂泊开始就注定要与悔恨为伴，撑着草芥一般的扁舟遨游在漫无边际的海洋上。

丢失在过程中的幸福

我们几个朋友聚在一起的时候，一旦聊到家庭和事业的关系，一定会聊起A君，我们著名的大孝子、妻管严。

A君算是我们中间比较成功的一位了：而立之年，事业小有成就，家庭圆满，与妻子育有一个乖巧可爱的女儿。我们几个朋友经常会用“妻管严”来揶揄他，说他有时候应该展现一下男子气概。他每次总是傻傻地笑笑，然后再也不说话。有一次，他终于忍不住了，跟我们说起一个故事。

那时候，他刚毕业，决定到南方闯荡一番。当时的女友也决定随他一起去，不过两人的公司隔得很远，分别位于城东和城西。他当时进的是国内一家比较有名的国企，女友进了一家比较小的公司，两人打算在那里买房定居下来。因此，互相约定一定要努力工作，并分别坐上了东西两个方向的汽车，渐行渐远。那时候的A君还是很单纯的，为了能和女友早日买到房子结婚，两人约定好每周周末的团聚就少了。

刚进单位的时候，当然要表现得勤恳认真一些，因此加班也在所难免。在工地工作，新人不懂就要问，直到弄懂为止，不然吃亏的只能是自己。师傅们中难免会有人脾气暴躁一些，有时候自己一个小问题没弄懂或者多问几遍就会被骂，有时候也会觉得委屈。可一想到和女友的约定，还是要放下姿态努力去学。按他的话来说，无论是买饭、跑腿、打扫，还是绘图、搬砖、调灰，他都做，还必须要做好。长此以往，他也赢得了很多师傅的信赖，终于在工地上站稳了脚步。这是以后成功的起点，也是他们感情破裂的源头。

因为工作上的问题，他和女友经常爽约，甚至会对她大发雷霆。现在回想起来，才明白那个人对自己的宽容是那么地难得，而当时的自己却以为这一切是理所当然的，受之无愧。然而，生活本身就需要磨砺，如果选择漂泊则更需要磨砺。工作、学习成了他生活的重心，其次才是女友、家庭。在他看来，所谓男儿志在四方，男人必须要将工作事业放在第一位，其次才是家庭。他工作前几年，女友工作也才刚起步，两个人都很忙，也就让他更加忽视女友的情绪，忽视那时发生的所有事的细节。他把一切负面情绪在周末带回家，然后安心地享受着女友付出的一切。有时候，女人要比男人更能忍耐，也比男人更坚强。他并不知道平时她一个人住在那里是怎样的一种情况，也不知道她一个人晚上加班回家会不会有危险，更不会知道她一个人平时生病会不会有人照顾。那时候的他什么都不管不问，周末回到出租屋里也只是休息、吃饭、睡觉。有时候看到女友做家务比较辛苦，也只是口头上慰问几句，然后又坐回沙发上看电视。这样的经历其实并不只发生在他女友的身上，我与前男友之间也发生过类似的事。他回到家后，从不会做家务，也不会问起我的情况，只是一味地抱怨家里收拾得不干净，嫌弃我把洗漱池弄得满池头发。我有时候彻夜不能眠，一直在掉发，整个人状态很差。然而，每次看到他脸上疲惫的表情，整个人的脾气又会软下来，这一切都因为那时候我太爱他了。后来，爱情淡了，自然双方也就开始互相伤害。

随着房市价的增长，他们也感觉到买房的紧迫性。于是，他们决定一起向双方父母借钱，再加上两人攒的钱，在市郊买了一套 90 平的两居室。两人决定当年冬天结婚，分别在各自的家乡办一场婚礼，然后让一切的不愉快和怨怼在这场婚礼中烟消云散。为了彼此，他减少了出差的数量，女友也很少加班，两人决定把一部分的精力放到家庭上去。那段时间，真可谓是他最幸福的时刻。有时候当幸福来临的时候，我们都会有所犹豫，是不是上天的眷顾来得太快，是不是即将会收回我的幸福，正如临刑前的大餐一般？

两人要还房贷、要养家，当然不能一直这样，婚后不久两人就分别出差、加班去了。生活很多时候比想象中无奈得多，我们并不知道自己在哪里，最后又将会有怎样的境遇。即使这样，生活还是要照常过，等待第二天的日出。就在他某次出差的时候，他家里发生了盗窃案，妻子一个人在家。她当时被吓了个半死，可家里没人，不知道要找谁，就锁上卧室门，站在阳台上大喊了起来。

可没想到，就是这次呼救差点将她陷于困境。小偷眼看被发现，立马就手忙脚乱起来，并试图从旁边厨房的窗户爬到隔壁卧室的阳台上去。在惊吓中，她最后失去了意识，昏了过去。等醒来的时候，家里一片凌乱，幸而邻居及时发现并帮忙报了警。然而，妻子因为这场惊吓患上了严重的神经衰弱，并因为摔倒在阳台上严重影响了听力，身体、精神状态也大不如前。

某天半夜，妻子突然从睡梦中惊醒并死命地抓住他的手大声呼救。在疼痛中，他突然领悟到：虽然在外漂泊很辛苦，自己也必须比别人更努力才会有收获，可并不是每次都能以辛苦为借口伤害自己家庭和爱自己的人。如今，妻子永远也听不到自己的道歉，自己只能眼看着她每天睡觉时忍受折磨，内心的歉疚永远无法褪去。

后来，当然他的妻子后来康复了，他依旧经常出差，但只要自己一有时间就会呆在家里陪妻子做家务，也减少了出差的时间和次数。

或许，我们太忽略身边人，才导致我们在旅行的过程中失去了本该把握的感情。

往事不已

前几天收到朋友C的短信，说N城开始下雨，天气转冷，估计又要直接跨越秋季转入冬天了。我问她，是否有去看她曾租住的那个弄堂里的那株老槐树，是不是叶子已经掉光，是否有把我和她当年埋下的小玻璃瓶挖出来扔掉。

她隔了很久才给我回短信，说是因为工作忙，她并没有去看那棵树，当然也不会挖出玻璃瓶。她觉得那件事已经过去很久了，我已经没必要再介怀，让我不要再去想了。随后，她又打了电话神经质地告诉我，那个人在去年过年的时候结婚了，但新娘并不是当年的那个女孩。

我们沉默了良久，最后我才告诉她，我早已放下，让她不必担心。她"嗯"了一声，就匆忙挂断电话。我知道，她一直很担心我，我也确实陷入那片泥沼里很久了。

还记得很多年前的春天，我和她，还有那个人，我们一起决定在N城打拼，相互之间有个照应。她和那个人是同乡，也是高中同学，我是通过他认识的她。后来我和她也成了好朋友，三人经常会走在一块，我挽着她的手臂，他站在我旁边走着。那时候我们都还很单纯，相信那样手挽手、肩并肩就可以一直走到世界尽头。可事实上，我和他、和她都没能做到，最后我们还是各自站在交叉路口相互问好，然后又按照各自的路线走下去。有时候我会鼓励自己，至少我和她总有一天会在某个路口相会，相互寒暄，再携手并进。可有时候，我又会清醒地意识到，我们终将有各自的事业、家庭和发展方向，最后又会变成世界两端各自站立的两个人。我们遥相呼唤，却无奈地不了了之。

那天晚上我们聊了很久，都是关于我们在一起时候的生活，还有学校里的一些事。

还记得我刚和他恋爱的时候，和她也才刚认识。有一个月的时间，他没空陪我吃饭，就让我和她一起。刚开始的时候，我们一定会各自打一份饭菜，坐在食堂的餐桌上各自默默地吃完。我们偶尔也会说上两句，然后又是沉默、尴尬。就这样持续了很长时间，我们最后还是受不了了，她先开口说："我们不是朋友吗，你放轻松点儿，好好吃饭。你这个菜不错，我尝尝。"

还没等我点头，她已经把筷子伸到我的碗里。我笑了笑，也从她碗里夹了菜过来。我们笑着看了看彼此，我从此决定一定要与这个女孩成为最好的朋友。我们一起自习、上课、学外语、看电影，现在回想起来真的很难再找到那么一个人了，能够陪伴我走了那么久。

我记得后来我和他一起到她租的房间去做客，我看到他进门的时候换拖鞋没放回原处，就笑着说他："你以为你还是小孩子吗？换好鞋子要放回原处的。要是一直这样，结婚后我估计要累死了。"

他站在原处，呆了呆，微笑着把鞋放回原位。当时我并未察觉到他有任何诧异，挽着她的手径自走开。我想，如果当时我学会注意他的表情的话，或许也不会有如今的结局。

当天晚上我和她一起做饭，然后就坐在阳台旁边的餐桌上吃晚饭。我坐的位置刚好对着阳台，她坐在我右边，他在左边。眼看着落日余晖渐渐染红了远处的一片山林，我渐渐地出神，竟然有一种希望时间停住的感觉。一片高低起伏的远山被霞光染成了橘红色，山上飘着一丛丛的红云，云间飞着一对对回家的倦鸟。远处不时会传来悠远的鸟叫声，应和着楼下断断续续的街边叫卖声，似乎别有一番意境。当时的我们也都是漂泊在外，所谓触景生情，三人突然默不作声地埋头吃饭。直到夜幕降临，华灯初上，我们才相约一起出去散步。

街边两排路灯发出昏黄的光芒，灯下成群结队的小虫飞蛾扑火般地扑向灯的发光处。仔细听，甚至还能听到丝丝碰撞的声音。那小区宁静而惬意，本来是我陪着她看好的，打算一起租下来。可后来我因为工作的原因，未能如愿，重新找了一处住处，她也另外找了一个合租人。那里，或许是我至今为止见过的最安宁的地方，每次到那里，总是能将整颗心平静下来。因为在那里你一定能看到家乡所有的影子，街角处的小学门口一定有佝偻着背的老人站在路口等孩子放学回家，街边的小贩一定会一边玩笑一边做着手边的活，也会看三三两两的朋友或者情侣并肩走过。我想，正是这份热闹的生活，反而更能给人以一种安宁闲适的感觉。如果劳累了一天，可以选择坐在街边的小摊上就着小菜，喝一瓶啤酒。如果无聊，可以找一间小店，坐下来一边喝茶，一边和老板大侃特侃。或者如果很感觉厌烦，也可以在夜晚走在情侣之间，感受来自生活的洗礼。然而，如今一切都已经成了远处的海市蜃楼，试图抓住，它却渐行渐远。

也就在那一天，我们把一只玻璃瓶埋在树下。我们写上想对对方说的话，然后一起放进去，埋在树下。我们希望这段感情能随着槐树长大，长青长生。那时，我从没想过这段感情最终又会因为命运轨迹的不同最终走向尽头，而我们也最终会因为各自的选择而分开。我们看着他蹲在那里，慢慢地用石块挖了一个小坑，然后把瓶子放进去……

后来，晚上 C 又给我打了一个电话：“我去的时候，其实瓶子已经不见了。我想，或许是清洁工不小心挖出来，扔掉了吧。”

“无论他在哪里，现在身边是谁，是否快乐，都已经与我无关了。但，最后我还是要祝你们新婚快乐。我们之后，不要做朋友，好吗？”

电话那头，她泣不成声……我始终没告诉她，我回去过。

那天，她在公交车上给我打电话，让我到家附近的车站旁去接她。从声音里中我听出她似乎有什么心事，便立马放下手中的家务活，往车站走去。

我还未到，就远远看见她一个人站在那里张望，见我过去，就跑了过来。不知道那是我第几次去车站接她，但一定不会是最后一次。她每次有心事，都会来找我，这次不知道又是为了什么。

“他要回来了，让我去车站接他。我不知道要不要去，所以就过来问你。”她低着头，不敢看我的眼神：“我觉得他心里还是有我的，不然也不会第一个打我电话，让我去接他。”

“也许因为别人都睡觉了，刚好你的电话能打通。反正他也不在意谁去接他，只要有个可以蹭吃蹭喝蹭住的地方，别说是你，我，他可能也会考虑。”

“他说他改变了很多，想要回头，和我好好地奋斗。”

“嗯，他是不是变得更自私了？什么叫回头，你又不是没人要，他找你了你就跟着走。要是他还是没变，你打算怎么做?”

“他说他不会了，你放心好了。”她似乎有些生气了：“我知道你关心我，可你要知道我们曾在一起四年，我比你更了解他。”

“你竟然能忍受他四年，我和他认识一年，现在不想见到他。”

“你陪我过去接他吧，就当是陪我走一趟，我一个人不敢见他。”

“你不是说他变好了吗，有什么不敢见的？需要带一个保镖吗？我们现在就去雇。”

“不是的，我害怕他变化太大，我一时不能反应过来。要是出糗，有你在旁边，也好过一个人和他在一起尴尬。你说是吧？”她在撒娇，虽然很烦，但对我却很有用。

“要是你见到他，和他两个人走一路，要一个电灯泡还不如带一瓶防狼喷雾有用。”我实在不想见到那个人，但见她楚楚可怜的样子，想要最后一次提醒她不能再见色忘友。

“这次一定不会了，你放心好了。”

“嗯，下不为例。”

最后我还是去了，陪她转了三趟公交，因为那个男人临时改变主意，打算先去在这里的表哥家。那天早晨我还没睡醒，她就告诉我，可能要提前出发，要到他表哥家会合。我就知道，那个男人并没有改变——自私自利、小心眼，不知道她为什么这么迷恋他。或许，恋爱中的女人更笨一些？可能，因为我忘记我恋爱的时候到底是什么样的了。

两个小时，我们赶到了他指定的公交站点，刚下车她立马就给他打电话。他告诉她，他正在附近的一家小店吃饭，让她或是等他吃好会合，或是过去一起吃。又是这一招，他果然还是没变。我猜，我们过去不是残羹冷炙，就是即将结账。

事实上，还没等我们到达，她就在某个路边小摊旁看到正在剔牙的他。他似乎在得意地对旁边人夸耀着什么，东西还没吃完就倒在旁边老板准备的狗盆里。浮夸浪费，一直是这样。还记得他们还在一起的时候，经常在快吃完的时候让她过去结账，还对外宣称自己时时挂念着她，吃饭也不忘记带上她。可我们都知道，每次过去剩下的一定不会是什么好菜。可即使如此，那时的她对他依旧是十二万分的留恋，只要他一声令下，她立马就精神抖擞出门结账去了。

我正准备上前去和他打招呼，却被她叫住了。只见她泪眼婆娑地让我不要过去，拉着我的手迅速走开。当我还没反应过来事情的发展脉络时，她竟然扑在我身上大哭起来。微风轻轻吹过，我知道这件事终于有了一个了结局。

她哭着对我说："姐，我错了，他真的没变。他那么自私，为什么偏偏挑中我？为什么那么多女人，偏偏要过来骗我？难道就是因为我很好骗吗？"她正处于精神防守崩溃的边缘。很长时间以来，她对他的眷恋、不舍还有等待在那一瞬间突然被他亲自击破。他从前就已经剥夺了她的快乐、幸福、自信，现在竟然连她最后的眷恋都要一齐拿走，而过分的残酷至少能让她快刀斩乱麻。

"他从来不会考虑别人的感受，每次他请客吃饭都会以这种态度向他的兄弟们炫耀他找了一个好女友。刚开始的时候，我会觉得他很爱我，可逐渐发现那不过是一种变相的索取。可那时我爱着他，根本不忍心去揭发，每次看到他笑得很开心，我也就很开心。可今天我看到这一幕，突然……"她"哇"地一声，又开始大哭起来。至今，我仍旧忘不了那种歇斯底里的场景。我拉着她一起来到小区的花园里坐下，她方才缓了一口气，又转而泪眼朦胧地抱着我。"姐，我知错了。我看到他坐在那里，以那种态度对人说话，我忽然发现自己不爱他了，甚至觉得有点儿恶心。"

她抽泣着说道："我其实也知道他根本没变，但就是放不开手。你不是经常说疼了就会放手吗，可我就是一直放不开手。就算当初他抛下我，一个人回家，我还是很爱他。可就在那么一瞬间，我就不爱了，我这么多年的坚持忽然间就这样崩塌了。”

有时候爱情就是这样，我们还没来得及说再见，就已经在心底消失不见了。后来她拒绝了他见面的请求，并删掉了他的一切联系方式，也变得积极乐观了很多。或许，一段错误的感情或许比幸福的恋爱更能让人成长吧。

晚歌

在我的家乡，曾流传着这样的一个传说：有一种鸟，名叫“晚歌”，只会在夜间唱起悲伤的小调，惹人忧愁。其实，晚歌本来并非小鸟，是由人变成的。曾经，有一对兄弟住在一条小河的河岸两旁，以捕鱼为生，生活虽不富足却很快乐。然而，某年夏天，小河突然发大水，淹没了附近的村庄，两人不愿背井离乡，只能相依为命，以捕捞水里为数不多的小鱼为生。而每次吃鱼，哥哥一定会把鱼头留给自己，让弟弟吃鱼身。久而久之，弟弟对哥哥产生了疑惑，是否哥哥会把好吃的留给自己，而让自己吃无味的鱼身。后来的某天，弟弟趁哥哥做鱼的时候，把哥哥推下了河。可吃鱼的时候才发现，原来鱼头全是骨头，又硬又难吃。在一片悔恨与怀念中，弟弟每天晚上就会唱起回忆哥哥的家乡小调，最后就变成了晚歌。每到阴雨绵绵的日子，或者夜晚时分就开始鸣叫不止，让人潸然泪下。

人生难免会有遗憾，有的遗憾可以通过后来的努力来挽回弥补，有的遗憾却可能会让你抱憾终身，难以补救。古人云：“往而不可追者，年也；去而不可见者，亲也。”然而，人生在世，往往并不能完全如愿，正所谓树欲静而风不止，子欲养而亲不待。

他和我年龄相仿，也是这座城市的漂泊者之一，我们在某次同乡聚会上认识了。他告诉我，他离家到这里五年有余，却依旧没有很强的归属感。有时候，他也在想，到底这份孤独最后会换来什么，家未成、业未立，到处都是失望和失败。其实，这个问题的答案我也不知道。那天，我们聊了很久，从梦想到现实，从工作到家庭，从故乡到城市，无所不谈，我们成为了朋友，相约一定要在这里一起努力，在这里共同进步。虽然这些话似乎是老生常谈，但我们知道，我们需要寻找一个让我们留在这里的理由。

聚会后的很长一段时间，我们似有保持着联系，偶尔有一搭没一搭地聊聊自己的近况，日子就这样一天又一天地过去了。直到某天早晨，我忽然接到他的一个电话，他把我约出来打算送我几本书和一些小家具。从他的口音里，我听出了疲惫和不舍，似乎有什么重大的事情发生了。

到他家的时候，我才发现他家里几乎可以说得上是空无一物了。当初他骄傲地跟我介绍他家的时候，说自己希望能够在这里拥有一个完全属于自己的家，自己亲手布置、亲手装修，添置自己喜爱的家具和小物件。每次回到家，无论一整天如何地劳累奔波，立马能变得轻松安宁。晚饭后，坐在台灯下仔细阅读一本自己心仪已久的书，做读书笔记，写读书感悟。等窗外夜色浓郁、万家灯火时，拉开窗帘，舒服地坐在窗子旁边的书桌旁边，打开电脑继续当日的工作或者为第二天的工作做准备。一边吸着烟，一边思考……可惜，这一切都仅仅停留在他的幻想中，因为生活并不如想象中那么轻松而美好。或者说，生活以另一种形式在向我们展示它本身的美。我们没有理由去拒绝生活的赐予，自然也就没有理由去憎恨生活剥夺的权力。

就在那个空空荡荡的房间里，他站着，身后放着一个硕大的行李箱。他笑了笑，告诉我他将要回家了，所以把一些可能我需要的东西留给我：一个简易书架、一些书。我本想说，其实我住的地方很小，书架可能放不下，我只能带走书。可看到他欲言又止的眼神，我知道他希望我好好保存，或许他会在某一天过来取走。虽然可能这个某一天永远不会到来，但我还是答应了下来。还记得他当初和我一起买这个书架的时候，他站在家具店的样板房间里轻轻地抚摸每一件家居，告诉我说："哪怕只是35平米的房间，我也希望它能像这样，五脏俱全。厨房、卫生间、卧室，在卧室里放一个小书架，一张书桌……"最后，他买下了一套能拆卸的简易书架，放在他房间的窗台旁边。把房东闲置在客厅的旧书桌重新刷上油漆，修好椅子，搬来放到房间里。我陪着他买书架、买书、搬桌椅，然后到楼下买了一顿饭。我们坐在书桌旁一起开心地吃着晚饭，聊着未来各自的打算。那一顿饭，他谈了自己对未来的家的很多期待，希望通过自己的双手，努力地一步一步地实现自己的希望。他兴奋地拿着筷子，指了指桌上的饭菜，大笑着说："要是我结婚了，家里一定会是我做饭，我要买很多本食谱，慢慢学。每天三菜一汤，不重样。然后，生孩子，教她做菜，孝敬父母。"那时候的场景就仿佛刚刚发生的一般，我大声笑他天真，他一边反驳我，一边在我碗里夹菜。

后来，直到我送他上车他才告诉我，他父亲在家乡病重，或许这是最后的一面。因此，他希望能回家待在母亲身边，安慰母亲，陪伴母亲度过晚年。

再后来，他回到家打电话告诉我，还没等他回到家，父亲就已经去了。他握着父亲僵硬冰冷的手，一遍一遍地呼唤着父亲，可是父亲已经不可能答应了。随后，他一个人一边照顾因伤心而病倒的母亲，一边料理父亲的后事。他说，葬礼上人很多，但是很多人已经不大认识自己了，自己也并不能把所有人都辨别出来。他离家很久了，虽然每年过年都回家，但那是他第一次明白什么是"儿童相见不相识，笑问客从何处来"的感觉。就在那片生养自己的土地上，他第一次感觉到陌生而孤独。末了，他说，他想在家，从此不再漂泊，过上母慈子孝的生活。在家乡，在那个他熟悉的地方好好度过一辈子漫长的光阴。

最后，他还是回来了，就在某个黄昏时分。因为我告诉他，我要给他买食谱，让他做饭给我吃。

我坐在距离吧台最近的地方，点了一杯苦咖啡，心想：那个曾经陪我喝咖啡的少女如今远在中国的最南方，而我却一个人享受着这初冬中午的阳光。直到这时我才明白一个道理，青春永远不是一句“错过”可以概括的。故事永远为有故事的人而准备，也只有有故事的人才能听得懂故事。

那个男孩站在我面前，低着头：“我以为我做的一切都是为了她好，可没想到这件事对她的伤害那么深。我本以为一切都过去了，却发现竟然一直还藏在她心底，可我爱她，希望她能原谅我。”眼看着这对璧人渐行渐远，我本想帮助男孩重新追回女孩，却被告知另一个版本的真实故事。

去年冬天，男孩捡回来一只小狗，只见它被冻得瑟瑟发抖。男孩告诉她，小狗蜷缩在他们租住房子一楼的楼道口，浑身早已冻僵，似乎是被人遗弃在楼下的。因此，他突然想到可以送给女孩喂养，当做平日的玩伴。女孩本来就很喜欢小动物，见到小狗摇尾乞怜的样子瞬间产生了怜悯心，立马兴高采烈地欢迎这名新成员的到来。当日，两人赶快到附近的超市置办齐了养狗所需要的一切用品，买了狗粮，备好狗窝、狗厕所。虽然后来男孩一直误解女孩不知道自己的用心，但从女孩后来对我的谈话里获知，其实她心里一直很感激男孩对自己的关心，也明白男孩的用意。可两人之间的误会太多，越解释越是会相互伤害。

生活，经常会为爱情奠定一个现实的背景，让他们历经挫折却又无所适从。那时候，两个人才刚毕业，除了物质上的匮乏，精神上也忍受着荒芜的寂寞。什么都还未知，什么都未稳定，什么都很模糊，一切处于黑幕的包裹中，黑幕围绕着他们。

男孩是兼职图书插图师，女孩则是城市里一名普通的文案编辑。两人的生活因为工作时间不同而不能经常在一起，当男孩在家独自工作、创意枯竭的时候，小狗成了他唯一的慰藉；当女孩深夜归来，看着人影歪斜的时候，小狗成了深夜的守望者。对于两人而言，彼此中间出现了一个坚强而忠诚的守护者，维系着双方之间的关系。当女孩向我描述这段生活的时候，眼里显然充满了幸福的光彩：白天，当室内暖气开到最高有些闷热的时候，男孩坐在桌前一边逗弄小狗，一边喝茶画画。夜里，当夜深人静的时候，小狗悄然睡在她旁边，轻轻地对她的手呼气，以此作为深夜的陪伴。那段日子或许是她来到这里后最安宁的日子，随处可见的温馨与浪漫，犹如避风港一般的小窝，还有一个守候深夜归人的忠实看护者。虽然女孩口口声声说自己不需要安定，希望能在艰难的磨练中实现自己的理想，可每天回家时她还是期待能看到小狗欢跳的姿态。

每个人都理所当然地希望生活的一切能永远保持现有的熟悉状态，他渴望安宁，她渴望快乐。如果不是那个意外，可能现在他得到了安宁，而她也一直快乐地生活着。

刚度过隆冬时分，小狗真正的主人不请自来了。那对夫妇手里拿着小狗小时候的照片，还带来了与小狗长得极其相似的狗妈妈，要求他们归还小狗。女孩满心愧疚，却又舍不得小狗，明明是自己亲手将它喂大，亲眼看着它逐渐成长，为什么最后必须要归还给自己完全不认识的陌生人。小狗早已熟悉早晨她身上慵懒的味道，爱上男孩做的饭，习惯了晚饭后散步的路线。半年的感情并不是随意就能割舍的，尤其是对于女孩而言，这件事就好似夺走她亲手养大的孩子一般，不舍、不安占据了她内心的每一处角落。为此，男孩决定为了女孩独自圆满解决这个问题，让女孩重拾笑颜。

男孩利用自己幼稚且单纯的沟通方式与对方进行驴唇不对马嘴的沟通。男孩认为小狗回归原来的家对它并不公平，也不可能很快适应对方家庭的环境，以此劝告对方将小狗的抚养权交给自己。而夫妇则坚称自家的小狗最终仍旧需要回到原来的家。男孩坚信自己因为长期的抚养，早已成为事实上的狗主人，对方无权要回属于他们的东西。为此，双方争吵过无数遍，对方甚至一度报警。随着双方交涉的破裂，夫妇采取了求助于网友的方式来夺回小狗，并将整件事大加渲染之后发到网络上去。很快，这个话题被男孩很多的朋友看到并告诉他，劝他将小狗还回去。

这时，女孩才发现男孩为自己所做的事，感动之余却懊恼不已。正是因为自己的一个不舍会造成男孩在网上被众多网友辱骂，甚至导致工作受到一定的影响，而自己却毫不知情。为此，女孩千方百计获得了对方的住处，亲自带着小狗来到对方的住处归还。虽然女孩诚心道歉，但对方的态度依然很冷漠，在要回小狗后还不忘出言讽刺。随后，男孩责怪女孩过早地妥协，让两人不仅在这次失败中受辱，还失去了一个忠诚的伙伴。相爱着，就会有伤害。双方坚信自己永远为对方好，都不能理解对方的责怪，并因此陷入很长时间的冷战中。

今年秋天，也就是我与女孩成为朋友的时候，男孩以朋友的身份重新回到了女孩身边，请求女孩原谅自己的幼稚，想重新成为男女朋友。可最终在我问起女孩的想法时，她却回我一条短信：“时过境迁。”

或许，爱情总会让人沉醉痴迷，你一旦选择保护，就一定要注意不要去伤害。

第六辑

明日落红应满径·过往

花开花落，难得几度春风。你只说往事已矣，却不知离人愁绪，半点朱砂足够描绘江山如画。可怜、可恨、可叹，漫天黄沙竟掩埋不下我昨夜的离愁别绪，重在春风来时想起。古诗有云：昨日之日不可留。留下一段过往，当是你经过我心里的痕迹。

有的时候，我也会发呆，想起以前的一些往事。过去的人和事就如同眼前的幻灯片一样，一幕一幕地从眼前闪过，稍纵即逝，却总是让人魂牵梦萦。

在某地旅游的时候，我曾经邂逅过一个女孩，年纪轻轻就已经在当地经营了一家不小的店铺。聊天的时候，她曾骄傲地告诉我，是她自己找的代理，并且一手把店铺经营起来的。当初如果不是自己能下定决心舍弃在家的安逸生活出来闯荡的话，恐怕不会有这样的成就。对于她而言，如果不是因为一次偶然，或许会选择高中毕业回家打工，然后嫁人、生子，按照父母的期望过完一辈子，再将自己同样的期待传给自己的孩子们。这就是生命所给我们带来的神秘感，我们不知道未来会是什么样，就连现在我们也似懂非懂，看不清晰。

她生长在一个偏远的村落里，从小到大，父母重男轻女，希望再要一个儿子，因此长期求医问卜。可是，每次生下来的都是女儿，因此她的姐姐们或是胎死腹中，或是被送人。就在某一年，医生告诉父母，这将可能是父母最后的孩子了，于是，她活了下来，在一个满是怨恨的家庭中长大。父亲不断埋怨母亲不能生下儿子，母亲怨恨父亲让她失去了她的女儿们。每天争吵不断，每次只要自己犯下一个小过错，就会引来父母之间的战争，狂风暴雨就行将来临。这时候，她就会偷偷地躲起来，直到家里听不到摔东西的声音后才慢吞吞地回家。那时候，她就想，如果可能，自己一定要离开那里。不，是逃离那里。

当看着她笑眯眯地说起那段经历时，我确实震惊不已，幼年时候的怨恨往往是深刻而难忘的，可她竟然能将那段经历当成笑话讲给一个陌生人听。这简直是不可思议的。她说，自己从小成绩很好，但父母都不愿意把钱用来支付自己的学费，因为大家都说女儿念书太多容易不听话。她很艰难地在祖父母的帮助下，念到高中，然而因为压力过大，她在高考中失利了，并且这次失利成为父母打击她的一个把柄。她颇有嘲笑意味地说道："现在回想起来，那时候的自己真的很幼稚，有什么苦难会比父母的伤害还要大？这些年来，我经历过的事比这些有过之而无不及，但当时我就是想不明白父母到底是怎么想的。我想，可能这就是他们爱我的方式，他们并不希望我太过勉强自己，或许留在他们身边过着简单的生活会比一个人在外打拼要好很多。"

后来，她还是离开了家乡。某天早晨，父母领来了一个忠厚老实的年轻人，说是别人给介绍的对象，让她试着谈谈。对方是同村的青年，初中毕业后就出去打工，后来回家盖了房子。这次回来相亲，希望定下来，然后夫妻一起外出打工。"这就是生活，你没办法。"她无奈地对我说："你没办法挣脱，因为一方面是世俗，一方面是自己的父母。到了年纪不嫁人，别人就会说你闲话，家里人也要跟着一起承受压力。"

但她一看到对方憨傻的样子，就完全没有了兴趣，于是悄悄地找祖父母借钱，打算出来闯闯试试。因为听高中同学说，外面的世界比家乡要大一百、一千倍，能看到很多在家看不到的东西，见识各种各样的事。后来，她也才知道，同学们并没有说，一个女孩到异地打拼需要经历比在家乡多出一百、一千倍的挫折。可是，开弓难有回头箭，她心意已定就必须要去践行。她拿着路费和一些生活费就离家百里坐上了火车，和很多年轻人一样四处寻找工作。因为没有好文凭，也没有好口才，所以在求职的过程中屡屡受挫，甚至受骗。可是，如果自己回头，不仅要被家人取笑，还要面临更艰难的环境。因为在她看来，家乡的很多人正翘首以待她垂头丧气地铩羽而归。她不能让人瞧不起，更不能让父母瞧不起，自己一定要证明女孩也不比男孩差。所以，她就像打不死的小强一样，只要还站着就绝不能让自己趴下。从端盘子到拖地洗碗，从超市收银员到销售员，只要有机会，她一定不会放过，并且悄悄地盯准机会即刻下手。

最后，她告诉我："我从小就喜欢穿漂亮衣服，可是我妈妈不会给我买，我爸也会直接拒绝我。我只有在过年的时候，我妈才会带我到店里选一套最便宜的衣服作为我过年的新衣服。刚开始的时候，我不明白好或者坏，只要是新衣服就很高兴。可后来，我明白了，却没有钱给自己买。到这里后，我更觉得自卑，别人穿着光鲜漂亮的衣服从眼前走过，自己只能穿着围裙和工作服去给人家端盘子、擦桌子。那时候我就发誓，自己总有一天一定会过得更好，穿漂亮的衣服、住漂亮的房子。后来，一个朋友问我要不要合伙卖衣服，我看机会来了，就凑钱一起开了家小店。第二年，她吃不了苦，就想要把自己的那一份盘出去。我就四处借钱，以分期付款的方式把整个店盘了下来。等我成为店主后，就开始自己挑衣服、自己进货、自己卖。虽然累了点，但因为自己做主，可以卖自己喜欢的漂亮衣服，我还是很开心的。后来，挣了钱就攒起来，想要学人家做代理。现在做了代理，想开几家分店。事实上，生活都是在一步一步地前进，如果我一直把时间浪费在埋怨父母没能给我优渥的生活上，恐怕也不能有今天的结果。而且，我奶奶告诉我，其实当年他们借给我的钱是我父母卖掉家里所有的猪换来的。所以，其实，我现在并不怨恨那段过往，反而感激他们能让我有一个机会去成长。"

和女孩道别后，我想：有的事过去了，就让它成为往事。每个人都有每个人的心事，每个人都有每个人的命运，我们要学会的应该是感激过往的每一分恩惠，而非过往的每一分怨恨。有人说，命运最美的地方就在于未知的偶然性，而生活最精彩的地方就在于过往的喜怒哀乐，过往的所有就是我生活中最美的色调。

有的时候，爱情就像是水中月、镜中花，勉力追求反而永远得不到。而有的时候，一段难得的友情，还有对人的信赖，却仿佛天边的云彩，求而不得，令人辗转反侧，难以成眠。

我有一个女性朋友，姓陈，和我一样，都是孤身一人到 X 城打拼。她逛街的时候总喜欢让我拎包，因此我经常叫她陈小姐。这也不过是朋友之间的戏称，全无恶意。她比我小一岁，但因为早我一年毕业，有时候会显现出少女的单纯可爱，有时候又显得过分成熟。我既把她当作我可爱的妹妹，又将她视为我应该学习的前辈。她做任何事情都很直接，认真细致，要求每一个细节都要非常完美。虽然大家都了解她的人品，但偶尔也会因为她直来直往的性格或多或少有些埋怨。总的来说，无论是从同事，还是从朋友的角度来看，她都算是一个仗义且勇敢的人，大家也都很喜欢她。在这个普遍以金钱、地位、名利来识人的地方，她无论是对待朋友，还是对待同事都能做到两肋插刀，仗义相助。关于她，还有这样的一个故事：

某次，她带小组成员出差到另一个城市下属的县城。由于订票晚，到当地的时候已经是晚上十点，在小县城是很难打到车的。于是，她决定带同行的女同事就近找一家酒店住下。路上行人很少，甚至可以说没有，她只好到车站附近的小店打听路线。同事看她不紧不慢地在和店主攀谈，还买了些水和吃的就在一旁又是着急，又是无奈，只能悄悄地扯了下她的衣袖，让她打听到消息就快走。

可是她还是不慌不忙地向老板娘买了一包烟、一支笔和一个小本子，然后才热情地道别。那位同事不知道她在做什么打算，也只能跟着她走。她们沿着大路走了一段，绕过一片住宅区后，又转入一条狭窄的弄堂。女同事紧跟着陈小姐，在后面气喘吁吁地大步走着，而陈小姐却一边走一边左右观望。女同事心想，在这种情况下，走大路不是会更安全一些吗，为什么还要走那么狭窄的弄堂，而且两个女人如果出什么事的话后果不堪设想。刚想开口，陈小姐就用手指了指嘴，示意她不要说话。

果然，前面突然出现一个中年男人，嬉笑着走了过来。只见陈小姐也嬉笑着打着招呼，哑声笑道："林二哥，你怎么还不睡啊？你看，我家那口子要抽烟，家里正有客人喝酒走不开，我给他买去。这是我家李成的妹妹，来，叫林二哥。"一边说，一边还把手里的烟在他面前晃了晃。

对方显然顿了顿，然后陪笑着说："你说李成他最近怎么还不戒烟，让你们两个女人出来买烟。快回家吧，这都快看不清路了。"

"嗯，这就回。你瞧，他接我们来了，我们先走了。"说完，就拉着女同事快步走开，绕进另一条有路灯的小路。

不出十分钟，两人就来到了大路上，找到酒店住了下来。一看时间，已经快十一点了。

"老板娘告诉我，这里没什么夜生活，所以就算是酒店也最晚到十一点就关门了。如果我们走大路，恐怕赶不及，只能抄小路快点过来。"陈小姐一边换衣服，一边解释道。

"那么，那个林二哥是？你认识？"女同事还是满头雾水。

“不认识，他估计也不叫林二哥。这里地方小，晚上那种地方难免有些浑水摸鱼的人，不过总的来说治安不错。所以，估计也就是一个二流子。我叫他林二哥，是想告诉他，我对那一带熟悉。而且，我不是说我老公会去接我吗？他当然就心虚了。”她去卫生间打了水，准备烧水喝。

“要是那人对那一带熟悉，认出来你了，怎么办？下次我们还是走大路好了，这样太危险了。”

“要是你，你敢在家里附近作案吗？那人讪笑着走过来的时候，要么就是不怀好意，要么就是认错人了，我只好随机应变，装作认错人。如果他认错人了，一定会指正的，可见开始是不怀好意来的。老板娘说，她收摊也是一个人从那条路回去，她老公在路口接她。所以，我猜，那一带的安全应该还是能保证的。”她四下看了下，见没茶叶也就算了，把水慢慢地倒进水杯里，说道：“我们要走大路，且不说没车，赶不上的话，酒店还要关门。要是露宿街头，恐怕更危险。不过，这种冒险的事，一次就够了。”

之后，她就成了公司里的一个传奇人物。可就是这样的一个人，当刚参加工作的时候并不是这样的。

刚毕业的时候，她交了一个男友，是她当时所在公司的同事，但两人分属不同部门。当两个人正处热恋期的时候，男方突然辞职，人间消失。

她急得四处寻找，生怕男友出事。可连续两个月男友杳无音讯，电话不接，手机关机，朋友也是一问三不知。就这样，她在担忧与紧张中度过了两个月：每天醒来的第一件事就是看手机，然后才洗漱上班，下班又会跑到他朋友处打探消息。那时候的她，简直就像疯了一样。如果换个角度去想，或许过去的我也会这样。如果一个自己将其视为支柱的人突然消失，那么我一定会疯了似的四处找寻，恨不能把每个人都问个遍。

后来，男友还是回来了，不过她见到他的时候，他已经结了婚。那天中午，她与人约好聚餐。刚就坐，她看见他牵着一位孕妇从身边走过，他全部的注意力都放在孕妇身上，满眼的小心翼翼与关切。她仿佛突然明白了什么，立马用身边的热茶泼到了他身上。只见他脸色突然由红转绿，瞬间气氛尴尬至极。而孕妇一边用手绢帮他擦拭身上的水，一边满脸生气地准备指责她的不小心。当听到孕妇娇声地喊他老公时，她简直怒不可遏，可看到身边站着的同事似笑非笑的脸，又不得不把怒气忍下去。

可对方却并没有善罢甘休的意思，孕妇破口大骂，随后又和她扯打起来。这一下，她积压的所有情绪都突然爆发出来。她立马转身，重重地扇了他一个嘴巴，大声叫喊道："你竟然骗我?"说完，哭了起来。孕妇也参与进来，并拉扯着要打她。刚才一起吃饭的同事也只是在一旁静静地围观，竟然没有人上前来阻止……

当然，最后因为餐厅管理人员出面才妥善地把事情解决，她也因此在公司彻底出了名。人前人后的冷嘲热讽让她重新认识了自己过往的一些问题，并决定辞职重新来过。

有的时候，过去的事最伤人的不是没有了爱人，而是在失去爱人的同时，也失去了朋友，还有对人最基本的信任。

我还清晰地记得某年某月某日发生的某件事：某人站在我面前，趾高气扬地对我说：“如果这是你这辈子遇到过最大的羞辱，那么我要让这个羞辱尽可能持续下去。”我哑口无言地看着她，无力且无奈，我不知道如何反驳，也不知道怎么去反抗。这个场景在我的大脑中无数次循环，仿佛一座出口很隐蔽的迷宫，我拼命想要走出却总也找不到出口。

我把这个秘密存放在心里最隐蔽的地方，用最厚实的装甲包装起来，让所有人都看不到。可是记忆总会在不经意间偷偷跑出来，撩拨一下我本来很欢快的心弦，直至我慌乱无章地四处乱窜方才罢休。可是，我知道越是逃避，越不可能走出来。

还记得那天是阴天，空气并不十分流通，一种沉闷的气氛将我包围在一间狭窄的会议室内，此刻，窗外似乎也是一片昏暗，光线并不是很好。会议室里虽然有灯光，但灯光泛黄，有一种让人昏昏欲睡的感觉。我惴惴不安地坐在会议室的桌子旁边，绕手指，扯衣角，我很紧张。虽然我并不知道即将发生什么，但肯定不会是好事，因为她告诉我时眼神中有些回避。有时候我会想，要是我那时候不那么怯懦，或许会好很多。可是生活并没有那么多假设，如果可以重新选择，我一定不会选择那段经历，也不会选择漂泊。不得不说，有的时候我也是懦弱的。

我还记得，我那时候就坐在那里，眼睛四处探望着。除了桌椅外，空无一物。白色的墙壁，白色的桌椅，就连窗帘也是白色的，眼前是一片白色，大脑也一片空白。她没有敲门就走了进来，无声无息，突然大声地说道："你知道我找你有什么事吗？"表情严肃，手里摆弄着空调遥控器，她开空调了，我竟然不知道。空调的风吹过来，有点儿冷，我一直坐在椅子上，沉默着不说话……

每次做梦，都会到此为止，我已然不记得之后发生了什么，可每次做这个梦醒来后都会变得很沮丧。虽然我还记得那个人，但早已和她无任何关系。即使这样，我依旧把那件事放在大脑中，时刻拿出来回忆，然后想起一段又一段相似又不相似的过往。

我被困在这里，很多人想进来，我却出不去。刚下火车，看见自己早已被没入了茫茫人海中，放眼望去尽是高低起伏的肩膀。我拖着沉重的行李箱，一个人在摩肩接踵的人群中缓缓前进。我根本不需要寻找出口，因为大家都在往那里走，我只需要紧跟着前人就能到达。我看着前面快速前进的背影，慢慢地感觉到自己终有一天将被遗弃在这座城市里，因为我跟不上大家快速的节奏。可是，正如朋友早些时候告诉我的一样："不要担心你跟不上，因为生活一定会让你做出改变。"结果我确实改变了不少，我变成了城市面具下一个可怜的远行者，永远穿行在高楼大厦间，从未停止。

我记得那时候，我在人潮之中，突然意识到一种新生活的开始。本来说好要过来接我的合租人爽约了，本来约定一起闯荡的朋友突然不再联系，本来幻想的一切美好都在一瞬间烟消云散。这场旅行从开始就从未给过我希望，它把我所熟悉的一切从梦幻中拉走，剩下瘦骨嶙峋的现实。我面对着街道上的人来车往，突然变得不知所措起来，不知道从何而来，更不清楚该到哪里去——我彻头彻尾地变了一个人！但人总是要适应新环境的，我需要一段新的生活。

就在其后的第三个月我本以为自己已经完全适应新生活、融入新环境的时候，突然发生了一件事，让我又重新想起过去的一些关于友情的回忆。

一次放假前的晚饭聚餐后，我们几个平时相熟的同事相约到 KTV 唱歌，打算排遣一下平时紧张的情绪。酒过三巡，大家都有些迷迷糊糊，东歪西倒地散坐在沙发上，再加上房间里闷热的气氛和阻滞的气流，让人心思更加混沌。我就坐在离门最近的沙发拐角处，斜仰着头看着同事进进出出的身影，偶尔与旁边的同事说几句话。昏昏沉沉地睡过几分钟后，精神还不是很好，就被一阵熟悉的旋律吵醒。

我清晰地记得，大学毕业前夜我们宿舍室友行将离别的时候，我们唱的也是这首歌。那天晚上，我们宿舍四个人约好一起出去吃饭，然后信步游荡在整座城市之间，直到下定决心与这座城市告别。那天晚上直到午夜，我们相互依偎着坐在学校入口处的高台上聊天。我们唱着歌，就着晚上刚买的夜宵享受着本该早些时候享受的毕业前最后的时光。就在前两周毕业论文完成之前，我们一起坐在那里看书、讨论，沉默中相互散发出一种亲密的感觉。可两周后我们就各自面临着命运的分别。

我突然从 KTV 的沙发上坐起来，跑到卫生间，随后放声大哭起来。我不知道那段回忆到什么时候才会消失，可那时候的场景竟然深深地刻印在记忆里，在我每次听到那首旋律的时候又回想起那段美好的时光和那天晚上的情景。A 回到家乡，接受家人的安排开始了朝九晚五悠闲而舒适的生活；B 读研，继续留在那座满载着回忆的城市留守着少年时代的梦想；C 则决定留在那里工作，开始了在异地的生活。而我，却离开那里来到另一个陌生的地方重新开始生活。我一边哭，一边回忆，直到被同事看到。

她默默地拍着我的肩，在我耳边悄声说道："每次听到这首歌，我就会想起我前男友，他不要我了，可我还是会在不经意间想起他。你说，我这样是不是很卑微呢？"

我哭着摇了摇头，两人在那里抱着哭了一会儿，又洗把脸出去了，我继续看其他同事欢闹。那时的我感觉，我才是真正的外人，我与那段过往早已无关，却一直握着回忆从不放手。

我还记得几年前，我到某地旅游时曾结识过一个女孩，她和我一样，都是一个人到异地漂泊。我们结伴漫步在一座我们完全陌生的城市，聊着自己曾经经历过的很多事，相互解开对方沉醉已久的心结。有的时候感觉累了，或许说出来负担就轻了。

她曾在家乡江南某地念大专，并在那里认识了自己的第一任男友。他们是同班同学，有着很多共同的兴趣爱好，并在长期的接触中情愫暗生。刚毕业，她就告别家人，和男友来到北方的某座城市，打算在那里一起构建一座属于双方的家。

她用嘲讽的口吻告诉我：“我本以为有情饮水饱，可实际上并非如此。即使我这么认为，他也不会这么想。我们开始因为爱情走到一起，最后因为金钱离开，你说，人一旦开始漂泊了是不是爱情就轻贱了?”我摇头，因为我并不知道到底是爱情轻贱了，还是金钱的地位升高了，或者我们除了金钱外什么都不谈了。

她继续说道：“刚开始我们没多少钱，我爸妈也不支持我北上漂泊，我身上也没多少钱，全靠他父母的钱我们才能来到那里。可钱不多，我们只能租住在地下室，整天室内到处都是潮气，见不着半分阳光。刚开始的时候，我们都很开心，终于可以完全自由地支配自己的生活了。我们一起上班，下班我做饭，吃完饭他洗碗，我们再一起看电视、玩电脑。”

她清理了一下思路，继续说：“本以为生活就这样，我们忍一忍最后一定能在那里过上幸福的生活。可是，现实并不是那样的，我突然失业了。我当时所在的公司因为欠下一笔巨额外债而被起诉，宣告破产。短短一个月不到的时间，我就从就业到失业，犹如在梦里一般。于是，我待业在家，过上了米虫的生活。其实，我也在努力找工作，但一直找不到。愈是这样，压力愈大，压力愈大就愈消极。现在想想，这种逻辑很奇怪，但那时候的我就是这么想的，我自己就在那种状态下生活了一个月。每天早晨起来给他做早餐，他去上班，我开始看书投简历。有面试我就去，没面试我就呆在家里，看书、上网、投简历。这种情况持续了 3 个月，我们两个人的生活所需吃、住、行全靠他 3 千块钱的工资来支撑，直到他也撑不住了，就决定放弃漂泊回家。他当时对我说，如果回家没有很好的发展机会还是会回来找我，可我知道，那也不过是托辞，他可能真的永远不会再回来了。我已经没了工作、收入，最后还失去了他。忽然间我变得很慌张，不知道该如何是好，也不知道自己能不能一个人坚持下去。”

当然，后来她还是坚持下去了。正所谓柳暗花明又一村，正当她走投无路的时候，刚好遇到以前的高中同学，通过那位同学的介绍她进入了后来的公司工作。虽然公司很小，但好在很稳定，收入不高却能供她在那里生存下去，这对她而言已经足够了。为了感激同学和老板的赏识，她决定好好工作，努力不让大家对自己失望。于是，她把每天的时间全部提前规划好，上班、吃饭、学习、娱乐，把自己的生活充实起来。同时，她还考下英语六级证书，打算利用年轻的时候把之前欠下的追回来，利用考试来证明自己的学习能力。这样，既能提高自己，还能让自己能尽快从之前的颓废中走出来。

那时候，她就好像疯了一样，每天提前3小时起床，然后洗漱做饭。每天计划要背200个单词，做饭、吃早餐的半小时刚好可以利用来读写单词。然后化妆、换衣服，让自己一整天都处于自信活跃的状态。上班1个半小时，在公交车上又可以背单词，一边听朗读英文短篇，一边记忆生词，进而提高听力、阅读水平。上班时间就全心全意投入进去，不懂就问，直到懂为止。下班同样是看书、背单词、吃饭。生活单调且充实，她称之为另一个高考冲刺期。

不逼自己，根本就不知道自己到底有多强悍。短短半年时间里，她从试用期到正式员工，再到团队负责人。虽然其中的艰辛并不能尽述于我，但我知道，从一个无依无靠的女孩子独自奋斗再到成为能够独当一面的职场女性，确实不是那么容易的。

就在我觉得一切都开始走向光明的时候，他突然给我泼了一盆冷水，虽然我知道那盆冷水随时都有可能泼过来，但我还是因此而颤抖不止。他打电话告诉我，他下个月结婚，对方是相亲认识的，两家长辈相熟。而且，他在那边已经买了婚房和婚车。他说："如果留在那里，可能现在什么都没有。生活本来就不容易，离开了父母我们什么都不行。我劝你，还是回家吧。"她顿了顿，继续说："我回答他，如果他早一个月给我打电话，自己也许会立马跑回家，永不再回来。可是，我已经熬过了最艰难的时刻，目标也逐渐清晰，根本不会因为一点困难退缩。"

可是，我的目标在哪里呢？我到底在坚持什么？我在哪里，最后又会往哪里去？她已经靠岸，我却依旧在漂泊。

找回初心

偶尔我会想，人在外漂久了，是不是整个人都会浮躁很多。因为从来没有着地，一直在漂着。每到这个时候，我就会想起那些年的一些往事，我从未错过，却早已失去。

那年，前男友比我晚回学校，我打算到火车站去接他，让他知道我并不是任何时候都那么不靠谱。天很冷，他告诉我说车票显示到达时间是早上6点，但可能会晚点2个小时，让我不要那么早去。我当然不会早去，因为6点到达意味着我今天晚上就要到那里蹲点，或者第二天4点就要起床。我事先做好了一个规划，向有经验的同学问清楚捷径路线，打算第二天准时起床出发。

我早早就睡下，睡前一再确认好时间，安心休息。可第二天还是起晚了，因为定好的闹钟被我放在枕头旁边，可是就被我不小心挤到床边摔坏了，它没响。我急冲冲地洗漱好，拿上钱包和记着重要信息的小本子立马奔赴火车站。因为学校位于城郊，人烟稀少，要想坐上公交还必须要走一段路，我显得格外紧张。第一次这么早出发，又是走在那条人迹罕至的路上，心里难免没有底气。幸好当时路上稀稀落落还有几个早起进市区的同学，我壮了壮胆，大步往前奔去。哪知道还没走几步，竟然发现自己忘记带零钱了。如果回去，一方面会耽误时间，另一方面现在那条路上可能人很少，我也不敢单独一个人走。于是，我只能乖乖地问旁边的同学，有谁可以换给我零钱，或者借我钱乘公交。最后，还是一个男生给我换了一些零钱，我才坐上公交赶往车站。当然，那次并非我第一次出行，可却是我第一次那么早起床出门接男友回学校，而且还顺利解决了两大难关，自然有些得意。其实，现在回想起来，那时候之所以开心是因为我正在逐渐通过自己的力量走近他，不再依靠他来完成我自己想要达到的目的。我别无长物，身上除了乐观，还是乐观。现在如此，过去更是这样。

我坐在公交上，两眼朦胧，就连天上即将隐退的月亮也看得不是很真切。当时好像还是一个初春的早晨，空气中到处弥漫着晨雾的味道，窗外的景物并不十分清晰。我坐在座位上，用纸巾擦干窗上的水雾，换了一个姿势在公交车上睡了起来。等醒来的时候，旁边站着一个男孩，看年龄应该与我一般大。他紧紧地盯着我背的包，整个身子微侧，整个人似乎都在他的包围之下。我疑惑地看向他，他微微一笑，说："下次出门记得把包放好，不是每一次都能遇到帮你看包的人。"我羞赧地看了下包，见拉链并没被打开，我就放心了。下一站，他跟我说了句"再见"，就径自下车了。

公交车到站，我还需要换乘另一辆公交，要走上一段路方才能到达站牌的位置。我本来就是路痴，再加上前一天晚上画图的时候并没有详细地标注好，因此我在那里是迷路了。于是，我再次发挥不懂就问的精神，赶紧找路人问清楚路线。

走完这条路线，我大概花费了 2 个多小时的时间，比同学平时的时间还要长半小时以上。男友的车刚好晚点了 3 个小时，我才到，车就到站了，我总算能准时赶到了。那天我因为出门杀气匆忙，只带了书包和钱包，整条路上把所有的精力都用在看包上，竟然没发觉身后不知何时尾随了一个中年男人。我进站，看他在我身后犹豫了一会儿，又跟了上来。这时，我才感到莫名的恐惧，我身上带有财物，又是一个女生。虽然站内人多，但人多且嘈杂，也正好方便他作案。我立马抱紧胸前的双肩包，快快地走到出站口。那时候雾还未散去，出站口站满了人，远远望去如梦如幻。可此情此景竟让人不由得更加担忧起来，如果他要是有所动作，即使我呼救可能连施救的人都不会注意。

他似乎看出了我的窘迫，动作也更加明显起来，他缓步向我走了过来。我向两旁看去，站着的全是在等人的陌生人，满眼焦急，无心外物。我瞬间不知何去何从，男友乘坐的火车广播里明明已经说到站，却不见半个人影。

忽然，一个中年男人叫住了我，大步走到我面前笑着对我说："林小姐，感谢你过来接我们，你稍等一下，张先生还在后面。"

我看他朝我挤眉弄眼，知道他是在帮助我，立马点了点头，和他站到了一起。很快，男友拖着行李出站了，一眼认出了我，高兴地向我跑了过来。中年男人此刻也看到了他朋友，向我道别后便走开了。男友眼中充满了兴奋的神采，抚摸我的头，一直微笑着。

现在回想起来，那时候的我竟然可以完全放心地将自己的身家安全交给一个陌生人去看护，对每个人都绝对信赖。想来也是因为家人与他的呵护太过，我从不去考虑外界的危险和可能存在的威胁，只要不是过分明显的恶意我都认为别人心存善念。可如今，我虽然每天都在对人微笑，但只有我明白，我内心深处那颗漂着的心早已回不去当年的宁静。可能是因为我长大了，也可能是因为我世故了，我竟很难再有完全信赖陌生人的勇气。

岁月挑挑拣拣，竟将他从我身边带走，剩下我一个人，还有一颗孤独的心。

有花未折

时值午夜一点，窗外还有人低声细语，我坐在沙发上突然感觉到一阵莫名的寒意。离家已经很久，正是寒冬时节，我竟不知何去何从。偶尔袭来的忧郁让我想起过去的很多事，很多曾经相遇的人，以及很多曾经感同身受的情感。

“爱情就像柴米油盐酱醋茶，你每次炒菜都能想到它们，可是等酒足饭饱却又抛诸脑后。”我还记得他当时斜倚在窗前，身上披着一身灰白色女士外套，仿佛根本就没有意识到我的到来。窗帘遮住他的大半张脸，并不能十分清晰地看到她的容貌。“每天这个时候，她都会回来，给我做一顿好吃的。我们一起吃饭，然后划拳看谁要收拾洗碗。每次我都让着她。她傻笑着看我收拾洗碗，最后一定会忍不住跑到厨房陪我洗碗。她一脸担忧地说：‘让你一个人洗碗，估计明天我必须要换新的餐具了，还是我来吧。’然后，安静地挽起袖子洗碗。我站在旁边看她，她不好意思，就让我走开。我走开，她又一直在回头张望。我干脆每次都站在门口，她一回头，我就对她笑。我觉得，那就是我能给她的最大的幸福。我本来想就这么下去的呀，为什么会变成这样？”

他自言自语，我又不能走开，因为答应朋友过来照顾他。我讨厌沉湎于过往的人，尤其是男人，只有懦弱的人才会把过去当成现在的全部。“与其向一个陌生人陈述一段过往的甜蜜，还不如思考一下你为什么没有抓住她。”我大声地搭上话，试图让他注意到我，一个临时兼职照顾他的人。

“嗯，你说得对。那么，你觉得我应该怎么做呢？”他站在我面前，仿佛有风吹开了窗帘的一角，我方才看清他的样貌。他穿着一件褐色的大衣，里面是一件白衬衫，黑色长裤，还打了领结。从身材相貌上看来，也不过是一个长相端正的中年男人，或许年轻时候会是少女们热衷的爱人，但到了中年如果还有这种感怀就难免显得有些幼稚。他双唇紧闭，眼光凌厉地审视着我，就好似一个上司审问犯错的下属一般。“我和她从小一起长大，双方父母都把我们分别视为陪伴彼此一生的对象，她顺从所谓命运的安排，但我并不这么认为。她不聪明，不喜欢哲学，不会化妆，不爱说话，有时候安静得要命，有时候又会像男孩子一样多动。我们都叫她矛盾体，什么样的东西都能从她身上找到，可那些往往是年轻的我所讨厌的。”

他走到茶几前，伸出手拿起茶几上的茶杯准备喝茶。他有一双很漂亮的手，修长纤细，如果朋友没有事先交代，或许我会认为他是一个画家。他所拥有的，无论是曾经还是现在都能让绝大多数女孩子动心。“她喜欢把爸妈的思想强加给自己，偶尔会表现得特别没有主见，因此我不喜欢带着她见朋友。后来，我和爸妈说，不喜欢这个未婚妻，让他们不要妄想让我娶她。或许是年轻时候的任性，虽然不愿意娶她，但却一直拖着她。她年近 30，还要经常到我这里来给我打扫卫生、做家务，希望成为我父母所期待的贤妻良母。但她不适合，因为我不喜欢她。”他自顾自地说着话，我讨厌这种自我的人，可想到兼职的工钱，又强忍着闭嘴。

“她很俗气，满脑子就想结婚生子，根本不知道什么是浪漫。你知道吗，有一次我问她，什么才是浪漫。她竟然说：‘我们两个人坐在一起，你看报纸，我做饭，孩子在房间里写作业，就是浪漫。’我简直不能想象那样的生活，我喜欢到各地旅游，她更喜欢宅在家里看书、画画。我给她拍照，她一定会傻笑，看着镜头。她就好像活在上世纪50年代的中年妇女，不会生活，不懂情趣。每天回来喜欢和我唠叨看了几本书，让她说上几句简评，又支吾半天，没什么新奇的感悟。”

他接着说：“我年轻的时候喜欢美术，喜欢到各种地方采风，素描、水彩、国画，样样都会。她也会素描，偶尔也画水彩，但你根本没办法看出来有半点意境。你看，那面墙上她画的画，是不是像小学生画的一样？哈哈。”他大笑着，用手指向我背后墙壁上的一幅画。那是一副临摹的作品，梵高的《向日葵》，颜色鲜艳。因为用水彩画出来的，因此又显得有几分秀气和淡雅。当然，在我这个门外汉看来，那已经很好了。我悄悄地看向他的侧脸，棱角分明，或许年轻的时候很帅气，难怪那个女孩会一直钟情于他。

我轻叹一口气，说道：“我做饭去了，您晚上要吃些什么？”

“你随便吧，我现在不挑食。”说完，他又靠在窗前的沙发上闭目养神。“今天是周末，你们不用上班是吧？”

“嗯，我们周末是不上班的，所以我才来代她做兼职。您看烧几样家常菜吧，太难的我也不会。”

“好的，你随便，我很久没吃过家常菜了。”说完，似乎想到什么，离开客厅往书房走去。朋友说他很忙，基本上只有周末才会到这里来休息一两天。这里曾是他年轻时办的画室，后来经营不下去，就转租了出去。他凭借着自己在这方面的才华，做起了画廊的生意，赚了钱又买了回来，布置成过去的样子。当初听说他的时候，还以为会是怎样一个品位高雅的中年男士，没想到却是一个颓废的文艺老青年，一直沉湎在过往欲而不得的事中难以自拔。随后，我速速做好饭，等他出来吃饭，打算早点儿溜掉。

饭桌上，他就坐在我面前，严肃庄严，那种气势让我不得不把本来要说的话咽了回去。他吃好饭，抬头看了我一眼，又摇了摇头，准备回去。我似乎意识到什么，立马站起来，傻笑着对他说："要不我们猜拳，谁输了谁收拾洗碗，好吗?"他兴奋地迅速走回来，伸出手。

最后，他输了，必须要去洗碗，我就站在门口看这个着装优雅的男人在厨房里乱作一团。

"你知道吗，如果是我，早就放弃了。"我一边把他挤到水池旁边，一边说："你果然比她还要笨，笨到根本没发觉她那么爱你。"

"所以十年前我参加完她的婚礼后就下定决心，要重新找一个那么聪明的。"他站在那里，苦笑着："可是，直到她成为别人孩子的母亲，我也没能找到像她一样爱我的。你说，我是不是很失败?"

我没有回答，因为我不爱他，根本不必绞尽脑汁回答这样的难题。所谓有花堪折直须折，莫待无花空折枝。人生，难得几回错过。

忙里偷闲，他坐在窗前的座位上似乎已经很久了，就连我站在他旁边很久也没有注意到。我迅速把文件交给他，然后离开，气氛尴尬，他不愿意多说，我自然不会多问。一切皆因为他是我的上司。

平时，他绝不会这么严肃，偶尔也会和我们开玩笑。可做起事来，雷厉风行，果断决绝，让人佩服不已。在公司，也算是一等一的风流人物，年轻、帅气、多金，关键是单身。因此，很多刚过来实习的小女生，还有公司里众多的单身适龄女青年们，都把他当成追求的对象。当然，他也为公司众多八卦爱好者提供了诸多绝好的八卦原材料。

据说他曾经的女友 L 也曾在这家公司待过，不过现在早就辞职，与他分手了。两人是在公司里发展起来的所谓办公室恋情，前女友也是当时所在部门的骨干，能说会道，为人豪爽大方。而那时候我的这位上司才刚起步，做事还没那么干练，当然也不会有太多经验。可从外界看来，两人性格互补，且恩爱有加，让人羡慕不已。有人经常看到他女友为他带饭，帮他买咖啡、买文具，无微不至地照顾着他的生活起居。

可就在两人交往几个月后，上司开始疏远 L，两人之间的关系恶化，导致最后 L 小姐出走。后来听说 L 小姐远走他乡，也不再与过去的同事联系。

其后，随着公司人事变动，这件事也就成了公司里部分人分享的故事了，上司也保持单身至今。

可事实上，这些嘴里描述这个传说的人并没有多少人真正目睹整个事件的全过程，不过是大家各凭想象贴贴补补做出来的想象合集罢了。至于事实到底如何，或许早已变得面目全非，就连当事人也因为时过境迁而忘记了。

当然，这件事也不过是个笑谈，每个人都有自己的生活，至于上司的过往并没有太多人去注意。或者说，比起他过往的恋爱史，我们更关心他是否会保持良好的状态带领我们做好项目。直到后来发生了一件事，让我大跌眼镜之余，更是感叹世事无常。

公司新同事S是上司的老同学，与L也是要好的朋友。很巧的是，她竟然也是我高中同学的直系学姐。因为高中同学的关系，我们两个人在公司里关系也比较要好。就在某天，她问我要不要和她一起去给她一个要好的女性朋友帮忙筹办婚礼，我毫不犹豫就答应了。就是那一次，我第一次见到故事的女主角。

见面的地点是在她家里，离公司很近，很干净的一个小区。S有那里的钥匙，因此直接带着我在家里等L。房间装饰很简单，但从细节上可以看出来主人是一个追求简单舒适的人。而这个猜测在见到本人后得到了证实，L长相白净可爱，一双眼睛乌黑灵动，衣着简洁大方，让人不由得从心底开始喜欢上这个人。

我们相互自我介绍后，就直接进入正题。从过程中看得出来，S从来是一个直话直说的人，但到了她面前竟然变得谨慎了起来。她小心翼翼地回答她的每一个疑问，仔细地为她解答每一个问题，就好像对待一个心弦纤细的女孩一般，处处细心呵护。整个晚上，S反常的行为让我很是疑惑，却又不能从L身上找到答案，不知不觉间自己竟然也表现得很僵硬。虽然神经线条并不算敏锐，但从每一个细枝末节中，我却能隐隐嗅到禁区的味道。

在回去的路上，S 终于忍不住说出了事情的原委。

L 有重度抑郁症，曾经一度恶化险些造成意外，因此在她面前尽量不要提起上司的名字。L 曾经是一个开朗乐观的女孩，大学时代也是学校里的风云人物，优秀到让人忌妒。毕业参加工作后，才认识的 S 和上司。不久后，上司开始追 L，很快两人就走到了一起。上司是 L 的初恋，但上司在之前有过一次学生时代的恋爱，但两人刚毕业就分手了。可 L 一直很在意这一点，并因此和上司闹了很多次。有一段时间，L 工作上出了点儿小差错导致她压力很大，再加上上司前女友突然出现，让她一时间变得尤其敏感。然而，上司那时候还是部门里的一个无名小卒，为了能够得到主管的器重，每天都会做项目到很晚才下班。而 L 因为部门里的事，也会留到很晚，等上司一起回家。

刚开始两人确实同进同出，关系很亲密，L 也安心了很多。但你要知道，那段时间对于上司的升职特别重要，上司不希望办公室恋情影响到自己的事业。为此，他要求 L 不能太黏他，也不要让大家知道两人的关系。过去的事无所谓对错，只有错过与把握。

就在那段时间，L 经常会半夜惊醒，然后躲到厕所给 S 打电话。如果打不通就一直打，直到听到 S 的声音后，才哭出来。但又因为不敢大声哭，就一直捂着嘴巴，电话里只能依稀听到她抽泣的声音。如果仅仅是一两次，S 会觉得是因为工作爱情的压力才导致如此的。可次数多了，她才意识到事情可能已经很严重了。但是，上司那时候经常加班，对 L 的事并不是很在意。于是，S 就说服 L 一起来到医院检查，L 被查出患有重度抑郁症。正当 L 准备将病情告诉上司的时候，上司告诉她他准备要搬离合租的房间，住到公司附近的公寓去。

这一住就是2个月，当上司回来的时候，已经人去屋空。房东告诉上司，L帮他交了半年的房租，如果半年内回来就告诉他让他等她半年。可事实上，半年后，她已经不可能再回来，因为他的名字早就成了她的梦魇。午夜梦醒，床头人早已改变，而梦回时分牵牵念念的那个人总有他的半分影子。

最后，S总结：不是那个对的人，无论怎么等都等不到。往事已矣，要怪只能怪在错的时间遇到不对的人。

第七辑

几回饮散良宵永·沉醉

昨夜酒醒，终不觉身在异乡，想是夜游未觉，方要睡去才回忆起我早已漂泊的事实。我被困在时间的迷宫里迷了路，找不到出口，也回不去。我四处呼唤昨日那些陪伴在身边的人，竟无人回应。慢慢地，声音沙哑，发觉酒还未醒。

彼时彼人彼事

今宵酒醒何处，杨柳岸晓风残月。彼时彼人彼事，思之不得，沉溺痴迷。

朋友就要离开，我很舍不得，但又不知道如何劝慰。这个世界不缺乏漂泊者，他的离开只是让这里少了一个像我一样每天为生活奔波的可怜虫罢了，时间还是会流动，地球也依旧在旋转。这时的我或许正如当年送别我上车的朋友们一样，我们不知道未来会怎样，手里握着的也不过是充满了各种不确定性的希望，或许还有绝望。可那时候我们还都很年轻，还希望能在漂泊的生活中获得成功，还希望能在一片未知中荣获幸运的眷顾。可现实给了我致命的一击，成功除了需要等待眷顾外，还需要主动争取。幸福除了需要其他人的配合外，还需要有一颗适宜体会幸福的心脏。

我把自己隐藏在拥挤的地铁人流中，看着每个人忙碌向前走的身影，尽可能跟上这个城市的节奏。距离我上次开心大笑不知道已过了多久，我甚至已经忘记了笑的方式。可是，生活还需要继续，故事还需要延展。每天上下班，我都能看到很多陌生而熟悉的背影以同样快速的步调走在满是人的地铁站内，脸上的表情也都一致地向其他人暗示道：我很忙。我的世界满是灰、白、黑三种颜色，我想，一旦我看到彩色，一定会拼命抓住它。

我记得同一个公司的陈哥曾经向我讲过他和他妻子之间的故事，每次想起来都能从他的语气中感受到满满的爱意和对幸福的珍惜，他也试图将这份感情分享给我。

陈哥与陈嫂两人是同乡，小学、中学同学，后来分别去了不同的大学念不同的专业。虽然做了十多年的同学，但不同班，而且虽然是同乡，但家住得并不近，因此并不认识彼此。只不过是从身边人的口中听说过对方的名字或者个别事迹，但具体到人却毫无印象。两人刚毕业就被分配到了这里的一个单位，但分属两个部门。两人偶尔也会在上下班时间的楼道里不期而遇，只是觉得对方眼熟，但并不熟悉，因此只是点头问好后随即走开。

后来，两人逐渐熟悉起来后，慢慢地聊起家乡、学校，才发现两人不仅是同乡，还曾经就读于同一所小学、同一所中学。两人之间的交集多了以后，自然而然就亲近了起来，而且两人同在一个地方工作，也有些相依为命的意思。那时候他没什么钱，长得也不出众，才艺也不多，甚至还有些木讷和自卑，自觉像自己那样的男人根本就不会引起女性的注意，更不可能有女孩子会看上自己。可陈嫂就果真看上他了，并开始采取各种方式明示暗示他，向他表明自己的心意。

当然，陈哥也不是木讷，当然明白陈嫂的意思。于是，两人就此走到了一起。两人那时候才大学刚毕业不到一年，还很年轻，未来的路也有很多可能性，可两人却认定彼此就是此生的伴侣，并在恋爱 2 年后结婚。1 年后，陈嫂考上了当地某校的研究生，并决定辞掉工作，利用 3 年的时间来完成研究生课程。当时，两人同在事业单位工作，正是前途一片光明，陈嫂放弃了这个铁饭碗去学习，对于当时的很多人而言是不可思议的。当然，这里的很多人还包括双方的父母，还有朋友。可是，大家轮番规劝陈嫂都没用，倔强的陈嫂决心已定，十头牛都拉不回来。于是，当年暮秋，陈嫂回到了学校学习，由陈哥一人赚钱养家。

记得当时我不禁问他，按照世俗的观念来说，一段婚姻要门当户对才会好起来。你难道就不怕陈嫂学历比你高，将来工作比你好，不要你了？

他只是摇了摇头，笑着看我一眼，继续说下去。

陈嫂是一个很优秀的女人，无论做什么决定，只要定下来就必须要把事情做好。学习也好，家庭也好，她都能两头顾好。有一个晚上，当他看到妻子在他睡下后，悄悄地到阳台上借着路边的灯光看书。透过窗帘，他隐约能看到妻子佝偻着坐在阳台扶手旁边椅子上，一点一点地看书。因为光线不好，只能把头凑得很近才能看清楚。看到这样的场景，他才发现，其实妻子对这个家庭也在付出，也为此承受了很大的压力。课业压力、家庭压力，之后可能还有其他方面的压力。人需要同理心，需要站在别人的角度学会去体谅别人，对于一个家庭而言，这一点尤其重要。

后来，妻子怀孕，预产期的前三个月正好是毕业论文写作答辩时间。他眼看着妻子跪在床上，一边写论文，一边看书。既心疼，又担心，但他知道妻子的脾气，就只能在她床上铺了厚厚的棉被。就这样，熬了整整三个月，她终于把论文写好，挺着大肚子去答辩。最后成功毕业，就业。

后来，因为各种原因，陈哥辞掉工作成了半自由职业者，到公司接活儿，回家做好后拿过来。我也因此结识了陈哥。偶尔我也会在公司附近见到陈嫂带着孩子陪陈哥过来交图纸，当看到他们恩爱的摸样，总会泛起一种对婚姻的渴望。愿得一心人，白首不相离。而我总是在索取，却很少去为别人考虑，每段感情都会埋怨对方不能等着我一起成长。可事实上，并没有那么多的感情容许我去挥霍，尤其是在一座每个人都很孤独的城市里。没有谁会无理由地爱你，就像没有人会无理由地恨你一样，每个人都是独立且自由的，没有谁会因为感情而附属于谁。

某天下班后，突然接到陈哥的电话，说是要过来送图纸。就在那天，我第一次和陈嫂聊了很多。最后，她对我说道：“我和他决定要在一起，就一直坚持到现在。人都有毛病，关键看你怎么对待。后来我决定考研、读研，家里人都阻止，说女人结婚了之后就是家庭。我不乐意，所以读研期间就一边做家务、照顾老公，一边看书、写论文。怀孕了，大家让我缓一年毕业，我觉得一边准备毕业，一边准备生孩子，很好。之后虽然吃了很多苦，但我从不后悔。小姑娘，做决定了就不要后悔，我们也是苦出来的。没有谁能一蹴而就，只有坚持才会有胜利。”

看着在夜晚褪尽了光华的高楼，我突然觉得世界是那么地美好。

她看了看手机，慌张地告诉我，她男友要打电话过来查岗，让我帮忙解释。我无奈地摊手，这又是第几次了，你难道不会直接和他解释吗？她摇了摇头，眼睛里的眼泪差点儿掉了出来，我不得不点头。不到 30 秒，她立马又开心地握着我的手，大笑起来。随即，电话铃声响起，她笑逐颜开地接通电话。

“我和小 X 在一起，别担心我。”然后，一把递过来，用眼神示意我不要乱说话。

“嗯，我和她在一起，很快就送她回家。你别担心，我一定会送她回去的。”我再三承诺，他方才有挂电话的意思。

突然，我男友出现，开玩笑地说道：“亲爱的，我今天晚上护送你回家……”见我眼神不对，立马明白了情况，一个劲儿地解释：“我是小 Y，X 的男友，你别误会。”可是，对方已经挂了电话，我们三人只能尴尬地相视一笑。

“我猜，他三分钟后还会打电话来兴师问罪。”我肯定地说。

还没到一分钟，他果然打来了。她立马跑开，到卫生间和他打了半小时电话。男友因为是和同事出来吃饭的，匆匆告别我后离开案发现场。半小时后，我又再次见到了那个经常来查岗的男人，一个自大而又自卑的男人。

他开篇的第一句话永远是："我们家小西呢?"

我朝卫生间方向努了努嘴，他立马就要冲过去。这时小西已经跑了过来，路上撞倒了人家桌上的一杯酒，她连忙一个劲儿地在道歉。他这时只是慢悠悠地坐在小西刚才的位置上，冷笑地看着小西狼狈的样子，可恨又可恶。我立马跑了过去，拉开小西，让服务员过来擦拭地板。然后，拉着小西向人家道歉，还鞠了一个躬。

见对方正准备说什么，我男友不知从什么地方冒出来，陪笑着说道："你就不要在意了，她一个小姑娘，你看都给你道歉了。"我也笑了笑，说："对不起，要是需要干洗的话，我们付钱。"小西也颤颤地说了句"对不起"，一个劲儿地在鞠躬。

对方也没说什么，摇了摇头，摆摆手就买单走了。

刚坐下，男友笑着打了个招呼就径自走开了。他又开始叨叨唠唠了，一个劲儿地在数落小西的不是，顺便还暗讽我连她也不看好。

我冷笑着说道："或许，刚才应该是你站在小西旁边，不是我和小 Y。你也别这么说，每次都这些话，你不烦我都快烦了。"

他生气地指着小西的脑袋怒骂道："你看你都交了什么朋友？现在你要么和她绝交，要么和我分手，你自己选!"

结果一定不出所料。于是，我气愤地拿起包就走开了。所谓烂泥扶不上墙，她这样的性格不改变是很难独立的。虽然不忍心，但我已经彻底失望了，天不救人人自救。突然，她跑了过来拉住我的手，对我开心地大笑起来。

"我终于解脱了"，她说道，"我把所有的赌注都押在爱情上，一度把他看作是生活的重心。刚才，他坐在那里，我一直看着他。希望他哪怕动一动、看我一眼也好，但他视若无睹地坐在那里。越久，我的心就越冷，我对他早就失望透顶了，今天刚好……”还没说完，她又哭了出来，我紧紧地抱住她，我知道这些年来她经历的够多了。

一年前，她随前男友一起南下来到这里，打算在这里住一段时间就离开，再回到两人共同的家乡，就当作是年轻时候的一种历练，也算是毕业后的一次旅行。两个人都还很年轻，也很乐观积极，很快就都找到了工作。两人在一起同居，过着夫妻一般的生活，俨然一副妇唱夫随的摸样。那时候我刚过来，就住在他们的隔壁。每天上班的时候经常能看到他们手挽着手一起出门买早饭，下班回家也时常能看到他们手拉着手出门散步。

生活要是没有柴米油盐、酸甜苦辣，或许会是一段很美好的故事，有人相爱就能永远在一起，有人想要实现梦想就能一直追求到天荒地老，有人想要幸福就能伸手去取回来。可是，相爱会因为缺钱少吃而分开，追求梦想会因为头破血流而放弃，想要幸福就必须要加倍努力。刚开始的时候，她想要成为一名优秀的广告人，可是广告公司并没有录用她，她进了一家很小的公司做设计助理。可是这家公司老板是个恐怖分子，时不时会悄悄地溜到她后面查看她的工作情况，指点一番后方才离开。这种情况一直持续到一个月后，老板突然找到她，说要打算辞退她。因为她上班时间会上外网，工作效率低，也不认真。但事实上，她告诉我，因为公司一半以上员工都处在试用期，而自己试用期满，也没什么突出表现，自然不能延长试用期继续付工资了。我突然意识到，她似乎说出了真相——“没什么突出表现”。她是一个普通的好女孩，善良、认真、可爱，但工作还需要突出的表现或者认真的态度，这些都是她没有的。

不久后，她通过朋友的关系找到了一份满意的工作——广告公司文案实习生。她再三向朋友和男友保证自己一定会好好干，可是，最后还是因为受不了加班，在上班第一周的第三天辞职了。后来，前男友决定回家乡发展，她坚持一个人留了下来，并且认为自己一定能找到理想的工作。再后来，她遇见了刚才的那位，并迅速发展成为男女朋友。最后事实证明，她再次押错了赌注。

她是一个好女孩，可就是太害怕寂寞了。有时候，我甚至想，如果不长大，或许明天还是和昨天一样。

站在太阳下飞舞的花

我在这座城市见惯了华美，却很少邂逅真实的爱情。每一对相爱的人最后都会因为不再相爱而分开，某一些人也会因为时间流逝而变成明日黄花。

那是一场华丽的婚礼，她为此等待了 9 年。婚礼上，新娘美艳动人，新郎英俊挺拔，每个来宾都在为他们献上最诚挚的祝福。这一刻，应该是新娘此生最幸福的时刻，别人不知道，可我却知道。

虽然我和新娘认识并不久，但我们早已是无话不谈的好朋友。或许是因为兴趣相投，或许是因为毫无任何利益的交集，我们互相交换了内心深处保存最完好的秘密。某天，她告诉我，她有一段纠结了 9 年的苦恋，让她放不下，也拿不住。男友大她 5 岁，是同行业内的前辈，也是她大学学长。她入学的前一年，男友刚毕业，因此在她大学期间他们并没有任何交集，可他的名字却如雷贯耳。他成绩优秀，社会活动活跃，是老师眼里的好学生，也是同学口中的好好先生。

他们相遇是在她毕业那年，她来到他当时所在的公司实习，并从同事口中再次听说这位传说中的学长。这次他变成了传奇人物，一年时间内独立带领团队很好地完成公司的重点项目，并且在第三年成为公司最年轻的部门负责人。他年轻有为，帅气有才，不知成了多少女孩的梦中情人。可以说，她从大学时代就开始在脑子里反复揣摩这位学长的模样，到实际见面时竟然觉得自己的揣摩太肤浅，他身上的人格魅力甚至比俊朗的外表更能将人的眼球吸引住。

作为新进员工，她当然没机会接触到公司这位新一代的青年才俊，可她无孔不入地利用每个机会从同事口中打听到这位学长的很多信息。她如数家珍地说道："他喜欢吃鱼，不喜欢吃香菜。比起室内健身，他更喜欢室外运动。如果出门游玩，一定喜欢去古佛寺，坚决不去人潮涌动的游乐场。"对于暗恋中的女人而言，情人的一切都是美好的，在她眼里，他的一切都是完美的。年轻的时候，我们为了浪漫而浪漫；等成熟后，我们为了现实而浪漫。不区分对错，我们不知道自己在做什么，只有回忆的时候方能感觉到我们自己在每个年龄段之间的区别。少女时代，一颗糖就能让我开心半天，可现在，哪怕是一千朵玫瑰我也会暗暗揣度如何用相等价值的东西去偿还。这或许就是所谓的成熟，或许不过是自欺欺人的自私表现。可我却非常羡慕她当时的勇气和毅力，如果爱情看到不到希望，为什么还要坚持呢？

那年春节，公司举办联欢晚会，她才真正意义上第一次近距离地接触他。他站在她身后给她旁边的负责人敬酒，貌似在谈论着什么，最后负责人拉着她向他介绍道："你们是一个学校的，之前有认识吗？"他见她微微地点头，惊讶地看向她。她笑着说道："你早就是学校的风云人物，我从入学就听你的传说一直到现在。当然早就认识你了。"当然，他早已成了她的太阳，而她也一直在为他起舞。他笑着回答道："现在，我们总算久别重逢了，你好。"说完，伸出手示意她握手。

结果，当天晚上回到家，她暗暗发誓，一定三天不洗手。

之后不久，两人随着慢慢的互相了解，成了知交好友。她这才知道，他其实除了喜欢吃鱼，还喜欢自己亲手钓鱼、烹饪，做一手好菜。因此，她还有一个习惯，那就是周末到他租住的房子里去蹭饭，顺便聊天说笑。就在那段时间，她不断地看书充实自己，一方面为了工作，最主要还是为了他。她希望自己能和他有更多的共同语言，也能和他共同进步。他也就像她的太阳一样，她永远看着他，朝向他生长。

再后来，两人成了亲密的情侣，他把她唤作他的知己，她却一直站在最平凡的地方仰望着他。她一直在后面奔跑，试图追上他，他在前方一个劲儿地努力前进，根本不顾在后面勉力追赶的她。他被委任负责两个部门的主要业务，而她也成了他的下属。因为本身关系比较敏感，他对她也不会偏私，甚至显得更严格。她如果有一点差错，他立马会大发雷霆，不顾情面地当着众人大声斥责。这让很多并不知道他们之间关系的同事感到丈二和尚摸不着头脑，甚至还会有男同事为她出头，劝他不要对她提出过分严格的要求。毕竟，当时她也不过刚转正，并不是很熟悉公司的业务。他每次只是点头示意，但最后还是会故态复萌。她也为此感觉很委屈，可事后他只要道歉，她立马又会笑逐颜开地原谅他，并且觉得都是自己笨才会惹他生气。那时候，他不仅是她的太阳，更是她的全部。

后来，他跳槽成了另一家公司的核心成员，她留在原公司逐渐成长了起来。那时候，他还是她的太阳，站在远方照亮她前方的一段路程。为了节省房租，以及弥补两人之间因为距离产生的空隙。周末，他还是会做饭，她还是会陪他在睡前喝一杯酒，谈天说地。可是，不知从何时起，她开始渴望婚姻，而他开始一味回避。她希望在这片土地上有一个属于自己的小窝，也有一个以自己丈夫的姓氏命名的家。这些要求并不过分，尤其是对于年岁渐长的她来说。可是，他的心里似乎只有事业，一如既往地拼命努力着，却从不谈及婚姻。为此，她开始烦躁，开始找人倾诉，也开始厌烦以爱情为借口的逃避。最后，她失望，差点儿绝望。

我还记得，就在结婚前夕我陪着她一起试婚纱时，她突然哭着对我说：“前几天我在想，如果等不到这场婚礼的话，我可能就放手了。因为这段路太长，这过程太痛苦。那天我本来想和他分手的，可他忽然向我求婚，我简直吓了一跳，但我最后还是答应了。这段路虽然长，我为他等待过就已经是最美的结果。”

我想，她或许永远不会放弃，因为他从始至终都是她的太阳，而她也只会为他翩翩起舞。

一切皆因我们还太年轻

前些时候，我和母亲在电话里聊起雁过留痕的事，我开玩笑地问她，要是曾经爱过，如果不爱了，是不是还会挂念？本想母亲一定经历过很多我未曾经历过的事，也一定知道这其中的奥妙。可她却在那头一个劲儿地笑，说："要是雁过留痕，也不过是因为心里还有挂念。要是时间久了，这痕迹自然而然也就淡了。"

事实上，时间到底要多久，这曾经深入骨髓的裂痕才会淡然，逐渐消失呢？我一直不敢问母亲，也不敢问自己，生怕自己因此想起往事，也怕母亲说让我等时间陪我一起老去就会逐渐淡忘一类的话。我不敢相信伤痕真的那么深，让我永生难忘，也不想接受那伤痕那么浅，会随着时间而消失的现实。

实际上，曾在早些时候听过一个故事，它曾试图告诉我生命的脆弱和爱情的可贵。他和她青梅竹马，约定在一起度过生命的每一个时刻。他们一起上学，一起放学，一起做作业，一起出门玩耍。小时候，他调皮捣蛋的身影后面，一定会跟着她。他成了人人惧怕的小恶魔，而她则成了他身后收拾残局的小跟屁虫。他打破了人家的玻璃窗，她道歉，一边哭一边追上他，让他也一起道歉。他偷人家地里的玉米，她总是站在他身后一声大喝，引来大人们的注意。他要是胆敢偷爬后山的险坡，她一定会紧随其后，死活也要把他拽下来。虽然多数情况下她都会以失败告终，被他嘲笑一番，可她依旧坚持不懈，乐此不疲。长大后，他们才明白，那是彼此吸引对方的最原始的方式。

后来，她因为高考失意，留在了家乡念一所不错的本地大学，而他则去了北方某著名高校。正当所有人都不看好这段感情，以为两个孩子最终会因为远距离恋爱而分手的时候，两人却挺过了 4 个寒冬，顺利地到了毕业前夕。男孩坚定地认为只有北方的大气磅礴才更适合自己，而女孩则认为南方的孩子最终回归南方才是正途，两人因此还怄气了一段时间。男孩固执且坚定，女孩温柔而倔强，都不愿意离开本来早已适应的生活，以及原先规划好的未来。但最终以女孩的妥协结束，两人决定一起在男孩上学的城市发展。

在那里，男孩很快找到了一份很不错的工作，而女孩最后也找到了一份普通的文员工作。女孩工作清闲，收入不高，但也基本够生活。男孩做工业机械，工作忙碌，公司在工厂附近为每位员工提供了宿舍。因此，她在周末的时候偶尔会到他宿舍去做饭，收拾房间，然后两人就在附近的公园散步聊天。或者他会到她租的地方去，一起逛街、吃饭、看电影，虽然生活节俭，但也算是浪漫的。

可是相熟的人都知道女孩有一个毛病——爱折腾。她希望他每天晚饭后一定要给她一个电话，或者短信以表对她的关心。如果她心情不好给他打电话，他必须要接，除了在忙工作需要讲明理由外，其他任何情况，哪怕是午夜也必须要接电话安慰她。另外，每次如果她做饭，他必须收拾洗碗，外加扫地、拖地。她喜欢逛街，他必须要全程陪伴。她讨厌他回家不换鞋，讨厌他吃饭不漱口，讨厌他逛街的时候喊累……她总是喋喋不休，他也只会默默承受，因为在她看来他亏欠了她。她随着他一起北上，远离家人、朋友、同学，还有自己已经习惯了二十几年的环境，来到一个完全陌生的城市，还要重新熟悉一个完全陌生的节奏。他也理解她的辛苦，一个女孩只身一人为了自己远赴他乡，平时也不十分独立，甚至有些娇生惯养。要说他们不相爱谁也不相信，可生活就是生活，意外创造了生活的奇迹和高潮。

男孩有个很不好的毛病，就是喜欢四处诉苦，喜欢向朋友、家人诉苦，偶尔也会向同事诉苦。他从她那里得到的每一分委屈都会原封不动地倾倒给同事、好友和家人，而他的本意也不过是希望能通过倾诉的方式从巨大的压力中得到缓解。由于高强度的工作和长期的压力，他确实也需要一定程度的释放，可这些对于其他人而言却并非如此，他们一致对她形成了一个很不好的印象——骄纵高傲。可事实上，他每次发泄完之后，都会把整件事抛诸脑后，继续自己的工作。可这对于好事者，或者关心他的人而言却是举足轻重的，他这么一个大好青年怎么可能娶这么一个疯丫头呢？不懂得如何去珍惜，更不明白如何去照顾人，当然从外界的眼光来看这是一段不相配的关系。当然现在从我的角度来看，这段感情的一切曲折都因为当时他们还太年轻。

后来，男孩在所谓好哥们儿的游说下，逐渐相信女孩配不上自己的话。再加上工作压力大，与女孩之间的矛盾也逐渐加深，男孩也开始对女孩恶语相向，并且也不再关心女孩的工作和生活。事实上，两人都因为太过骄傲，不愿意坐下来平心静气地交谈，交换双方的意见和不满。最终，这段感情还是在相互折磨中逐渐消失，两只伤痕累累的孤雁，一只决定南飞，一只决定北漂。

我见到女孩的时候，她已然结婚，有了自己的家庭，她生活幸福美满，也不再任性自我，每次带着孩子下楼散步的时候，总是满脸堆笑，让人羡慕不已。

我想，那段因为互相伤害而最终阵亡在漂泊路上的感情，或许早已风干在生活的某个角落了吧？

看不见的风景

男友曾是他所在圈子单身俱乐部的资深会员，带领一群单身汉走南闯北，四处游玩。他告诉我，每次自由行一定会成就一对美好姻缘，因此他本打算把自己的未来留在某一次的旅途中，可偏巧遇到我。我笑他阴沟里翻船，指不定还能找到一个比我好的。他笑着说，还真有可能，我们俱乐部最近一次活动就成了一对。我立马就兴趣盎然地想让他讲给我听，因为在那个不靠谱男生的俱乐部里，每次自由行也一定会分一对。

男方 X 是北方大汉，人高马大，千里迢迢追着前女友来到南方的城市。本来打算在这里买房定居，可正当他努力攒钱的时候，前女友以性格不合跟他分手，跟别人跑了。他想想，反正钱都在攒着，工作也基本稳定，何必回北方。于是，就被四处宣传单身汉协会的男友逮到，硬要他参加俱乐部的活动。X 人很腼腆，经不住他三番两次的威逼利诱，终于屈服了。每次听到这种话，我就知道，他一定会对 X 说他们每每举办单身活动一定会成就一对佳偶。然后，大家渲染一番，势必让每一个单身汉都会心动。我嘛，则负责替他统计这些成了的情侣的人关系的持续时间，平均不超过 3 个月。我得出的结论是，不靠谱的人永远找不到靠谱的伴侣。

我确实也见过 X，人确实很老实，就是有些木讷，做事利落豪爽，就是不大爱说话。男友偶尔伪装成文艺男青年，对于像X这样的单身单纯男青年来说，他确实是最佳的说客，不消半天一定会让X对他佩服得五体投地。从天文聊到地理，从艺术聊到科学，他什么都会说，也什么都能说。这一点，不得不佩服他，或许我更应该可怜一下X。

闲话少说，女方L则是俱乐部里著名的常客，每次活动一定有她，可每次成了的名单里一定排除她。不是她不好，而是人太过豪迈，就连男友也经常会对我扼腕叹息：像L这样的姑娘世间罕见，要不是有了我，他一定追求到底。可惜，俱乐部里都是俗男，都想谈快餐式的恋爱。确实，L长相可爱，举止大方，人见人爱。可就是不能放到男人堆里，喝酒骂人，赌博划拳，样样精通。她是我见过的最不典型的南方女孩，温婉纤细的外表下藏着一颗汉子的心。

X确实是个好男人，可惜木讷；L也确实是好女人，可惜太剽悍，最主要的是她喜欢我男友。可要知道，男友是典型的小男人，要不是第一次见面时L正在划拳喝酒，没准儿今天坐在这里写故事的人就是L。男友看似单纯直爽，可肚子里全是鬼点子，一帮朋友也数他最精。一看女孩会划拳喝酒，长得又不错，于是她被发展成了俱乐部的长期嘉宾。如果要说他不靠谱，或许也可以说我也很不靠谱，当然我们俩在一起还没超过平均的三个月。看来，靠谱的人最终一定会遇到靠谱的对象，哪怕晚一点，不要着急，慢慢来。

X和L是在饭桌上认识的，推杯换盏，你来我往，两人逐渐发展成了好哥们儿。X没事就会跟L大吐苦水，告诉她，明明前女友上周还跟自己联系，这周就又换了男友。这种情况反复多次，连自己也不知道要不要等下去。L听到这话，也立马对他说，自己也在等一个人，可那人身边有了人。X一听，立马急了，说这可不行，你根本不能等。要是人家答应你了，就说明他不靠谱；要是不答应，你等也白等。突然，回头一看，发现自己也是这副模样，觉得特别搞笑。两人立马笑作一团，忽而又借着酒劲大哭一场，东倒西歪地睡在我家的沙发上。我无奈，只好帮他们收拾残羹冷炙。一群男单身汉的悲哀之处在于，他们没有一个像我一样，半夜还能起床给他们收拾餐桌的女青年。忽然，L抱住X大哭起来，嘴里模模糊糊地喊着男友的名字，我在旁边不觉有些尴尬。正想扶她到我房里睡觉，X却反身抱住她，大哭着叫唤着另一个女人的名字。午夜时分，四面静悄悄的，只听见他们两人鬼哭狼嚎一片，生怕吵到邻居，立马请男友出马。

他笑眯眯地坐在L旁边，轻声说道："你说，你那么喜欢我，到底是为了什么？我不靠谱，又经常神经质，偶尔还特别喜欢折腾人，你要不嫌弃，我们真的就在一起吧？"

她两眼忽然一愣，看了看我，再看看他，闭上嘴，闭上眼安心睡去了。这时，L早就鼾声如雷，一只手搭在沙发上，两腿并拢缩在沙发内侧。看起来样子十分滑稽，仔细一瞧才发现，他旁边刚好留有一人的位置。

没办法，我们把L抱上沙发和X挤一挤，给他们盖上被子我也睡去了。男友站在我身后忽然奸笑道：你说，要是我睡觉也给你留那么一个空位，你是不是会很感动？我若有所思，答："要不是有你，或许X确实是个好男人。"

后来，X与L终于成了，请客吃饭，L喝醉后大嚷道："你们不许和我抢，这么好的男人，我才不会让给别人呢。你们有见过喝醉酒还能记得给你留床位的男人吗，他就是，他是我的……"

今天，很多人过分看重房子和车子，忽略了身边人做的很多事，很多风景我们看不见，也许就是因为被风沙迷了眼。

今天下午，我与一位刚认识不久的女性朋友在我房间聊天，我们坐在一起一边吃零食一边说起来到这里的经历和心情。当我说起我可能会放弃这里回到家乡的时候，她突然向我讲起她来到这里的一段经历，说起一段她曾经以之为耻的感情。她忽而伤心、忽而感怀的表情让我感慨万千，只有情伤才能让女人站在同一条战斗线上。

她说："我之所到这里来漂泊，是因为他带着我过来的，说是我们一起在这里寻求幸福，如今却又是他将我抛弃在这里。我一个人孤零零地生活，有时候甚至觉得自己的灵魂也在漂泊，世界已经无法在我脑中形成倒影了。"本以为她这段话的目的是在向我告别，可接下来她却对我说起故事的原委，并劝慰我要坚强地一起奋斗到最后。

她与前男友是同乡，一起就读于同一所大学的不同专业。从大学时代他们就开始谈恋爱，并在毕业一年后分手。她心心念念地说道："如果说要丢掉一段三年的感情不可惜，那一定是骗人的，我们曾经相爱，我也感觉到他对我的关心。可是，我们都一样，逃不过生活的作弄。人都要长大，他不坚强，我想我有时候也很脆弱。"

我们当时在房间里聊天，我便随意指了指她坐着的床，笑着说："女孩一旦选择漂泊开始，就要学会坚强和成熟。我刚把这里租下来的时候，这间房间什么都没有。当时还是盛夏，空调没有，家具没有，就连床也没有，整间房空空如也。这一切都是为了省钱，一个人在外，能省则省。睡了半个月的地板，又硬又热，有时候也受不了，想给家里打电话说要放弃、要回家。可最后还是忍下来了。我到网上买床，一个人搬上楼，一个人组装。等床装好了的时候，我手上全是血，因为手全都破皮了。可每当晚上睡前回想起自己一个人在这里无依无靠，就连这种粗重的活儿也必须一个人做的时候，不自觉地就会想哭。不得不说，虽然表面看起来我很坚强，但实际上我也有害怕、恐惧的时候，这一点我们都一样。”

她沉默了一会儿，点头说道：“我也曾有过这样的经历，当时我们刚过来，什么也没有，租房也不敢租很贵的，只能在郊区很偏的地方租一间房间两个人住。我们每次面试回来，往返的路程都要超过 4 个小时，可最后我还是忍下来了。因为他一直在跟我说，只要我们忍忍，一切都会过去，幸福终将来临。为了他的话，还有他的决心，我也一直在坚持。每天早晨乘第一班车去面试，再买些食材回去一起做晚饭，为了省钱我们约定每周只能吃一次肉食。现在回想起来，那段日子虽然艰苦，但我依旧觉得很幸福。身边有相爱的人，我正在一个遍地都是机会的城市里寻找机遇，以期一朝能和我的爱人一起成就一番事业。”

当时我就坐在她旁边，认真观察她脸上的每一个表情，莫名地感觉到这种感情似曾相识。我也曾经幸福过，哪怕再多的困难，只要那个人还在身边就有坚持下去的理由。过去曾有过，现在也一直拥有着。这样说起来，或许我比她要幸运一些，她还太年轻，之后还要经历很多才可能成功。而我现在早已明白，无论过往如何，最终能无私地停留下来陪伴我的除了时间，就是感情。我见她表情由悲转喜，似乎在陆续地回忆起过往的很多甜蜜经历。

她缓缓地喝下一口水，问道："你有到过冬城吗？我们的家就在那里，每年冬天那里都会下很大的雪，整座城市都会变成一片皑皑白雪的世界。那时候，我们拉着手踏着漫过膝盖的雪一起去寻找小巷子里要冬天才卖的小吃，我们肩并肩地坐在小店的火炉旁边吃着滚烫的小吃。每次我都会把汤里所有的鸡肉还有山参吃光，他再吃剩下的蔬菜和鸡皮。我一直很感激他当时那么爱我，每一件事都尊重我的意见，回忆起来还是很美好的。可是，现在我对他只有鄙夷和不屑。

"今年刚毕业，他告诉我他打算过来这里发展，让我也跟着一起过来。和很多追梦的年轻人一样，刚开始的时候，他很有激情，每天都开开心心的。我每次看到他笑，我就会觉得这种生活就是我所追求的梦，我永远不会后悔来这里。虽然这里离家很远，但我有他也就足够了。可后来，他因为工作上受了很大的挫折，我们也因为收入的问题不得不停止租房，借住到他亲戚家里去。因为寄人篱下，我唯唯诺诺地生活着，可私下我也劝他一起搬出去。可是，一旦有了安逸的环境，他也就停止思考当初到这里来的目的了。我看着他一天天地消沉下去，到最后甚至还会因为生活上的一些小事对我大发雷霆，让我伤心不已。"

当然，这些事并不是这段感情的导火索，这一切的结束就在那一天。女孩刚下班回家，全身很是疲惫，精神状态也因为工作的原因变得极差。一想到回家还必须给待业在家的男友带饭，瞬间觉得很失落，于是空手而归，男友和她吵了一架。时至午夜，正当她以为风平浪静的时候，男友突然大喝一声，对她说了一句："滚！"还未反应过来，她已经被推至门外，身旁是男友不知何时整理好的她的行李。"砰"地一声，男友重重地关上门，从此爱情走上末路。

她一个人一边拖着行李，一边哭着给朋友打电话求助，大街上只有几个来来往往匆忙走过的行人，却没有一个人上前询问她的情况。她崩溃似的突然蹲在路旁，大哭了起来。次日，她决定辞职，并借住在朋友的住处，思考下一步该怎么做。随后三天时间里，她把自己锁在房间里不出门，不吃不喝，希望通过这种极端的方式来激发出自己的决心。虽然后来她已经对很多事看开了，但每每想起那天晚上的事还是会心痛不已。

当我正准备问她之后的打算时，她却说："他早上给我打电话，说他要回家了，让我要学会自己照顾自己。我微笑着答应他，然后狠狠地挂断电话。他早就不再是我照顾自己的理由，我早就从那个死结里逃了出来，他或去或留对我留在这里并不关碍。"说完，她看向了我，骄傲地微笑着，夕阳从窗外迅速渲染开来。

第八辑

尽载灯火归村落·重聚

纵使相逢应不识，尘满面，鬓如霜。多年离家，乡音已改，重回家乡时费尽全力也说不出一句完整的家乡话。独坐半天，最后还是父母解围，我才能从窘迫中逃离。正所谓缘聚缘散，相逢是缘，定要珍惜，重聚更是缘分，定要珍重。

生活无处不是缘分

命运就像是一道又一道的铁轨，我只能选择其中一条走，我并不知道铁轨的来处，也无法看见铁轨的末端，但我却珍惜每一段铁轨交叉处那种因为命运交织而产生的一种被称为重逢的美好故事。

小时候，我母亲经常会笑我太过老成，小小年纪就会随口问出或生或死的问题，从来不会避讳。但我每次问起，我母亲总会耐心地向我解释道：生下来后，我们就被称为人。后来死掉，生命就归于虚无，我们的形体也会因为泥土的掩埋和虫蚁的侵蚀而最终消失。因此，此生最无可恋的是钱财，最应当珍惜的是感情。生活无时无刻都在为我们安排各种各样的偶遇重逢，无论我们是否接受，它终究存在于生命的某处。我并不喜欢这个解释，因为我并不希望命运因为死亡而结束，当然也不喜欢在死亡的时候把一切抛下。我有抛不开的感情，有舍不得离开的人，更有弥足珍贵的回忆，并且我期待生生世世的重逢。

当我长大后，我母亲又时常会说我幼稚，太过执着于所谓相聚的缘分。她告诉我，朋友之间的缘分早已注定，无论重逢还是相遇都被写在神明的小本子上，我们不能违抗，当然也不必过分强求。但我坚信，生活必须要有分别与相聚才不致失去本身的色彩。我爱的是我爱的本身，我所祈祷的却不是相聚本身。

我记得去年初冬的时候，我还在N城，有人跟我说起过一个故事，让我唏嘘不已。我称那人叫做苹果小姐，因为她有着一张粉嘟嘟可爱的脸，而且她最爱的水果也是苹果，因此每个见过她的人都会忍不住叫她“苹果小姐”。人如其名，苹果小姐可爱而又单纯，有时候也会任性一些，但总的来说她的脸能让每个人都忘记她偶尔的骄傲。她告诉我，她曾在某段时间处于人生的低峰期，整日思前想后，失眠抑郁，生活黯淡无光。后来，在一个久别重逢的好友的帮助下，她方才慢慢地走出困境，站在阳光下。

就在前年秋天的时候，她曾面临一次租房危机，并且差点儿让自己身无分文。二房东是她朋友的朋友，根据这位好友的推荐她租住了二房东租下的房间，一间窄小而简陋的小次卧。当年她刚来到N城，举目无亲，很多事都很艰难。因此，这位二房东愿意与自己合租，她当然安心了很多。可事实并不如她想象中的那么美好，因为这位合租人并不是那么简单地想帮助自己。

A小姐是苹果小姐之前所在公司的同事，两人因为说话投契，且有着很多相似的经历，所以关系非常好。虽然苹果小姐被多次告诫不能对人太过掏心掏肺，但每当她见到A小姐还是会开心地打开自己心扉，坦诚相待。

之后的某天，A小姐告诉苹果小姐，自己打算辞职重新找一份自己喜欢的工作。而A小姐的房租马上到期又不想续租，因此希望能够在苹果小姐处借住一段时间。苹果小姐看到有朋友那么信任自己，就开心地答应了下来。在苹果小姐看来，只要有人信任自己，自己就一定要做到最好。恰好A小姐是一个她喜欢且信任的人，她立马兴高采烈地着手为A小姐准备房间，打算让A小姐住自己的房间，自己睡客厅。虽然这件事受到了二房东的阻止，但A小姐还是顺利地和苹果住了一段时间，两人住在一间房里。

一周后，A小姐搬出去住，并在其后不久顺利找到了心仪的工作。苹果小姐依依不舍地送走了 A 小姐，继续过着简单而幸福的生活。不久后，二房东找到了苹果，要求她支付三分之二的水电费，并承诺之后不能带“不三不四”的人来家里住。这让苹果小姐感到了极大的羞辱，但碍于朋友的关系，还有之前自己的承诺，劝慰自己这不过是二房东口不择言的后果。后来，两人之间还是因为一些经济上的问题发生了很多不愉快，并且，苹果小姐失业了，为此苹果小姐决定不再续租下去。

可这个决定却招致了二房东以及朋友的强烈反应，指责她不守信用，要求她必须续租下去。可当时的苹果小姐早已获知，这间房间的市场价格并不值这个价格，因此不愿意也没有经济能力再续租下去。就在这段困难时期，二房东想出了一个所谓的“万全之策”，那就是苹果小姐提前 10 天搬出去，让她的朋友提前租住这间房，将双方的利益损失降至最小程度。这个提议让苹果小姐十分为难，因为这也就意味着自己将在 10 多天的时间里可能会无家可归。一瞬间，苹果小姐感觉到了漂泊生活的无奈，当你没有朋友、没有家人的时候，如果连蜗居的住所也被剥夺了，那么她将失去一切。可尽管这样，苹果小姐还是答应了对方的条件，提前 10 天搬出去。后来，我们多次责怪苹果小姐不应该如此懦弱，而是要尽可能地去争取自己的权利。但苹果小姐解释道：“当时自己的想法就是尽量摆脱那间房的压力，而一时间来自过往朋友圈的千夫所指让她方寸大乱，一度以为自己做了坏事，竟然不顾他人利益中途退出承诺。根本就不可能将此看作是权利，而是义务。”

就在举目无亲的时候，苹果想起了很久没有联系的 A 小姐，并试图联系 A 小姐看她是否愿意让自己借宿一段时间。当然，苹果小姐对此完全不抱希望，因此当听到 A 小姐表示了自己的为难后，竟没有半分失落。

可就在次日清晨，A 小姐的一个电话把她吵醒了，A 小姐提醒她早起收拾行李，自己已经将房间收拾好，随时欢迎苹果小姐入住。就这样，苹果小姐度过了一段不大不小的危机，也因此摆脱了一张不好不坏的蜘蛛网。

通过这件事，苹果小姐这才明白一个道理，有的时候相遇是一种缘分，重聚更是一种缘分，只有足够深厚的缘分才能让铁轨在交叉的时候火车不致相互碰撞。相遇是缘，重聚也是缘。她的一段缘分尽了，另一段缘分才刚刚开始。

时针和秒针的重合

每次重遇一个旧友，我都会有种时针与分针重合的感觉，一个迅速地在追赶，一个缓慢地在等待。我曾经有一个一起长大的好朋友，我们曾有十几年的时间互相不通信息，也无任何交集。虽然直到某个时刻我还是很怨恨那些将她引入“歪途”的人们，但实际上我心里很明白，人生道路的分别总是在所难免的。

在我四岁时，她由父母带过来交给她小姨抚养，我们因此也成了邻居。她父母常年出差在外，只有每年过年的时候才回家一趟，一年多数的日子陪伴着她的只有小姨。因为邻居的关系，爷爷时常会让我去找她玩儿，爷爷觉得两个同年龄的女孩在一起总要好得多。当然，我也曾见过几次她的父母，在过年的饭桌上，大人们有说有笑地聊着天，她则依偎在父母身旁撒娇。她很少这样，对小姨也只会暖暖地笑着说“谢谢”，我很少见过她亲昵的态度和骄傲的脸，仿佛在向全世界宣誓自己的主权般满脸的荣耀。但不久，她又必须送走父母，回归原来的生活，每次我看到她送走父母后眼神里深切的不舍，也会被难过的气氛所感染。或许是因为受到成长环境的影响，小时候的她羞涩安静，而我却俨然一副假小子的摸样。可谁曾想到长大后我逐渐变得羞涩内向，而她却变成了远近驰名、人见人怕的“小辣椒”，那时候我就应该察觉有的东西回不去了。

最近只要我一想到她，就会做一个关于过去的奇怪的梦。那年我们才刚升上初中，一切对我而言都是新奇而美好的，因此我也对那段生活充满了强烈的期待。每天为了赶早吃上食堂的早餐，我硬拉着她早起，以便快速赶到学校吃上最热的馒头和稀饭。每次都是她在前面骑着自行车，我在后面跑步。为了不让我落单，她时不时会回过头来，问我她是不是骑得太快。我每次都会大笑着迅速跑过去，轻轻拍一下她的肩膀，又迅速跑开。她生气地骑着自行车前进，我往前跑去，试图追上她，但只能透过浓浓的晨雾看到她模糊的背影。现实也是这样的，不知从何时何地开始，我们再也没有任何交集，我们在不知不觉中逐渐远离对方。即使我们不愿意接受，即使我们试图说明自己曾在努力地追求，但天下无不散之筵席，我们不得不接受人生轨迹中一次又一次的分别。我不能违拗，也不会反抗。

我们就好像时针、秒针一样，以各自的速度行走在各自的轨迹上，无所谓快慢，只要还停留在同一张表盘上，就仍旧有机会相聚。

我最近一次见她是去年年假结束的时候，我在返程的路上与她相遇。当我怯生生地叫住了她，试图确认是否是她时，却被她反身紧紧地抓住我的手高呼道：“你是小X，真的是小X，我还以为我们不会再见了呢。我妈说你一个人在外地，可能不会回家了。你这次是刚回来，还是要回去啊？我结婚后，经常会回来看望我爸妈，每次经过你家附近，都会上楼问叔叔你是不是会回家。叔叔说你可能会回来，可能不回来。我还失望了很久。但想到人长大了，难免会分开，只要你过得好，我永远会为你开心的……毕竟，我们曾经很好过。”

我习惯性地报以微笑表示默认，缓慢地往后挪了挪，以保持双方的距离。因为长久以来，这种纯粹的热情是我所排斥的，我不敢相信任何人的亲近，总觉得在每个热情洋溢的笑容背后一定会藏着某个巨大的诡谲。我在学会怀疑的同时，也失去了绝对信任人的能力。自从我开始漂泊以来，我似乎不再能够很好地理解所谓纯粹友谊的定义。在我看来，每个人身后都站在一只阴暗的黑色猎犬，趁我不注意就可能冲上来咬一口。我身边的每个人都在试图说服我不要轻信，不断重复地在告诉我过分的亲密只会让我显得过分幼稚，可然后呢？没有答案。每个人的理由都很简单，因为这里是城市，我们都在试图为自己设置起安全线，不容许别人跨过，当然自己也不会跨过去。理由本身不再构成理由，而成了结果。我讨厌这样的思维方式，但最后我却又成了忠诚的追随者。

她尴尬地避开了我不信任的眼神，稍作沉默后又拉着我一起上车，坐到一处说话。她说她在去年十月份结的婚，当时第一次回到老家，也曾试图找过我。但我父母告诉她，我已远行在外，可能无法参加她的婚礼。她当时很失望，但也明白人生在世难免别离，无论当初如何深厚的友情最后也会为各自的前程而分隔两地。她自己在外闯荡多年，早已习惯了各式各样的别离与重聚，如今与丈夫也是聚少离多，感情也未减少半分。如果还相互思念，那么总有一天我们终将重聚。

如果依她的意思，思念成了我们彼此牵系的媒介，那么如今我的思念已然如此深厚，为何还身不由己地在外漂泊？偶尔的抑郁症结，随时表现出来的孤独症状，又有谁来替我医治呢？

还未入秋，她短信告知我，她已经怀孕回家养胎。本来希望我能陪着她看着孩子一天天长大，见证她由女孩变成母亲的时刻。但想到我身在外地，便只能短信告诉我，希望我也能好好地照顾自己。如果孩子出世，一定会再次通知我的。

我知道，我们如同时针与秒针一样，她迅速地转动着，我缓慢地追赶着，或许某一天我们重聚，也不过是一秒钟时间，稍纵即逝。

如果站在高台上，我一定会害怕跌下去；如果拥有很多好友，我一定会害怕失去。我曾经有很多好友，现在手机里还有很多人的联系方式，但我常用的电话录里的号码却寥寥无几。虽然如此，我相信如果我们一起在成长，最终我还是能和某人在某处相遇。

A 小姐和 C 小姐两人都是我的朋友，她们曾经也是一对要好的姐妹。两人刚到这座城市的时候，合租一间房，同进同出求职找工作，打算好好地在这座城市找到自己的一片安身之地。A 小姐高挑漂亮，身材窈窕，在朋友中要属中上姿色，且性格豪爽，结交甚广，大家也都非常喜欢与她结交。而 C 小姐则不同，长相普通，性格内向老实，因为身材稍胖甚至还有些小自卑，在朋友聚会时一定会是最不惹眼的壁花小姐。因此，两人走在一起的时候，总会让人产生一种红花与绿叶的联想，不禁感叹一番。

C 小姐曾告诉过我一个故事，正是这件事让她一度坚信只有 A 小姐才是自己最好的朋友。两人同时到一家公司面试，两人都高兴不已，并约定要共同努力进入同一家公司。可结果是，A 小姐顺利被录取，而 C 小姐则被拒之门外。A 小姐立马拉着 C 小姐到会议室找到面试官，向对方询问不录用 C 小姐的原因，并请求能够与 C 小姐一起入职。不然的话，自己只能表示遗憾了。

当然，结果是两人都没有被录取，而C小姐对此也非常歉疚。可A小姐则拍着胸脯说道："在这里，我们只有互相依靠才会成长起来。"正是这句话，让C小姐在她们共同生活的两年时间里无怨无悔地包下了所有的家务。

不久后，A小姐如愿找到了一份轻松的行政文员工作，工资不多，刚好够生活，而C小姐则来到了当地一家小公司做运营，公司刚起步，因此员工比较少，一人身兼数职的现象也比较常见。但就在同事们纷纷抱怨的时候，C小姐默默努力着。刚开始的时候，两人为了省钱，租下城市外环的一套两居室作为临时居所，两人合租一间房。每天天没亮，C小姐就起床洗漱，然后喊A小姐起床，自己上班去。等华灯初上，两人分别从公司回到家，吃饭睡觉。A小姐并没有太大的野心，她渴望婚姻更甚于事业，因此做了辞职跳槽的打算，而C小姐则希望能够通过自己的努力得到上司的肯定，自己带一个项目，然后再以此作为筹码跳槽。

A小姐见C小姐这么累，于是就在某天夜里，劝C小姐重新换一份工作："毕竟女孩子也无需这么辛苦，最重要的还是要找到一个称心如意的夫君。你看你，工作那么忙，没时间打扮、约会，怎么可能找到那样的人?"C小姐对此不屑一顾，立马反驳道："女人最好不要做藤蔓，要有自己的事业方能在这个世界立足。如果想要依附别人而生存，仰人鼻息度日，还不如自己站立在风雨中与所爱的人共同经历风雨。"见C小姐坚持，A小姐也就不便再说什么，独自闷闷地睡觉去了。

后来，两人之间不知什么原因逐渐疏远，不久后分别在城市的两端各自租下了自己的独立的房间，从此天各一方。或许是因为太忙，或许是为了避免对方看到自己的窘况，两人失去了联系，就此开始在各自的计划表上画下了一个又一个勾。虽然两人并没有见过面，但每当向前走进一步，都会想起对方会是怎样的状态，是否会觉得自己曾经的想法很幼稚。在A小姐看来，

C小姐太过独立，女人无论如何都无需太过强大，而C小姐则认为A小姐是一个目标明确的人，虽然市侩却也显得真诚可爱。尽管彼此坚信成功不可定义，正如幸福各自不同一样，可一旦触及内心深处的尊严，便又会把对方的缺点无限放大。最终，她们彻底失去了联系。

生活随处是偶遇，距离最后一次分别的三年后，两人在城里某处著名的购物中心相遇。那时候A小姐已经是一个男人的妻子，陪着丈夫出门采购，满脸洋溢着幸福的红光。而C小姐俨然一副职场女白领的模样，化着精致的妆容，身边是同样年轻、干练的女同事。当大腹便便的A小姐走过时，C小姐很快认出了她是A小姐，迅速跑过去跟她打招呼。两人最终还是通过各自的努力拥有了最初期待的生活，A小姐有一段幸福美满的婚姻，C小姐则成为一位成熟独立的摩登女郎。两人从婚姻聊到家庭，从事业聊到生活，反而话题多了起来。就在那次相遇中，两人突然不顾旁人地大笑起来，从此冰释前嫌。

后来，A小姐告诉我一句话："人在落魄的时候，有患难好友，相互鼓励渡过难关。我们落魄的时候，刚好能相依为命，她是我最真心的朋友。人在幸福的时候，需要至交好友。现在我们都很幸福，需要分享自己的幸福，而刚好我们曾经认识。这次重逢让她多了一个可以完全信赖的倾诉对象，而我也多了一个可以陪我闲聊逛街的女伴，我们交汇在一起形成了一个圈子，我叫它幸福圈。你说，这样不是很好吗？"

有的人在错过，有的人在重逢。不必担心错过，如果你们都在成长，最后还是会在某处重聚。

看不到的雪花

我记得有人跟我说过这样一个故事：

年轻的时候，女孩和男孩曾经是一对恋人，两人青梅竹马，两小无猜，双方父母也默许了两家之间的亲事。清末民初，军阀割据，可战火尚未蔓延到那座四面环山的小城，每天依旧是清晨的阳光与黄昏的热浪伴随着少男、少女们奔走在林间。两人一起读书，一起帮着家里做农活，一起成长，岁月如此静好。后来，饥荒席卷整座边地小镇，随处可见的除了尸骨便是一片缟素，四处弥漫的是瘟疫与艾草的混合气体。战事、瘟疫、饥荒、逃难成了在每个人心里徘徊的最主要的几个名词。如果他们年龄稍大些，或许会理解那些来自生死名词本身所包含的恐吓，以及从天空中低掠过的寒鸦午夜惊鸣的涵义。没有谁在乎谁，万物均为草芥，等待每个人的除了死亡就是逃难。当然，就在那几年，他们开始了生命中最漫长的一次分离。他们分别坐上父母准备的小驴车，车上挤满了家里悄悄带走的粮食和一些衣物，分别往南北方驶去。他们先是哭闹，随后是思念，最后成了烦恼。

三年后，双双成年，但相爱的人早已远在天边，生死未卜。远处战乱的消息弄得人心惶惶，虽然心中坚信对方一直在守望某个能望尽天下景色的高处，等待着爱人的归来。可纷纷扰扰，世事无常，双方最终还是选择了各自的身边人。最终，70年后，两人在故乡相聚，成就了一段错过的神话。

他告诉我说，这段故事是从当地某个报刊上看来的，他也相信故事的真实性。当他洋洋洒洒地告诉我这个情比金坚的故事的结局时，我方才意识到他也不过是在安慰自己。他也在等待，等待一个可能明天回来，可能永远不会回来的女孩。他比我执着，因此一直坚信女孩最终会回到他身边。我讨厌听故事，却喜欢讲故事。

两人从小一起长大，不过并没有两小无猜。在一起念书的十年间所说的话加起来不超过10句。两人可以说得上是宿敌：从小到大，男孩不知道被女孩揍过多少次，而每当双方家长为他们争吵不休时，又会惊奇地发现他们早已和好如初，仿佛一切与自己无关一般。就这样，这一对欢喜冤家度过了漫长的小学、中学同班岁月。

到大学时，两人终于不再就读于同一所学校，男孩去了南边，而女孩则到了北方。那时候，他们之间的联系就在一步步地走向消亡，直到某天男孩忍不住通过共同的朋友联系到女孩。他打电话过去，还未张口对方就已然辨别出了他，温柔的声音一字一句地念出了他的名字。多年后即使他忘记了和她第一次约会时的场景，忘记了和她第一次吵架时的争论，也无法忘记了那天她接过电话时高兴的话音。电话里，她告诉他，那天北方下了一场大雪，给操场上最后一块空地也覆盖上了厚厚的一层棉被。眼前是一片雪白，因为太冷，她只能呆在室内看着雪花一片一片地落在玻璃上，随后融化。她说她看见远山一片皑皑白雪，仿佛身处童话的世界，女皇乘着雪橇四处寻找落单的儿童，而自己则逃难般地躲在室内，任由东西南北风。那时，南方虽然也开始转冷，却还是一片晴好。他目不转睛地盯着有些转阴的天空看了一遍，怎么也找不到漫天雪花世界里四处巡逻的冰雪女皇，因此，他只能“呵呵”一声，挂断电话。他至今也不能明白，为什么自己当时要给她打电话，又为什么会匆忙地挂断电话。或许，就是为了享受她在冬天、而他在夏天的优越感吧。

严冬过后春天即将到来，夏季之后便是秋风飒爽。毕业后，她投奔他，来到南方小城里过上了小夫妻般的生活。他想，至少那时候，她是爱他的。不然也不会愿意抛弃一切，背井离乡来到一座完全陌生的城市从头来过。因此，他也非常感激她的付出，在心底默默发誓一定要善待她。

正如同北方的寒冬一样，南方还未享受完秋季的悠闲，北方早已进入了冰冷的寒冬。女孩静静地站在南方，男孩沉默以对，他不知道违背誓言是否会真的无法进入天堂，但至少女孩要回了属于自己的希望。日程表上还排满了争吵的日期时刻表，可她却选择了中途退场，他只能歪斜地坐在沙发上，披上她留下的衣服等待第二天她赌气回来。可就在第二天，当他打开衣柜门时却发现她的衣服以及来时带的行李箱都消失不见了，他这才意识到事态的严重。打她电话，关机。那天，他请了假去她公司找她，可她早在三天前就辞职了。打电话回老家，她父母对于这边所发生的一切竟然毫不知情。就此，他们再次分别。她或许回了南方，或许回到了家乡。

离别总比相聚更让人印象深刻，在这漫长的等待中其实他并未与她分开。她住在楼下，他在楼上全然未知。她每天早他半小时上班，故意晚他半小时下班，他不知道。她出差时托付我照看他的生活，叮嘱他按时吃饭，他自然也不会知道。

或许，他是知道的。因为在某个日暮时分，他终于鼓足勇气敲开了楼下的房门，他告诉她，希望能重新来过。

安睡在风中的风铃

昨天晚上我还在加班的时候，母亲给我打电话，告诉我她看“天气预报”了，知道这里降温了，让我记得添衣裳。我点头挂断电话后，又继续沉浸在电脑的虚拟文字中。

我还记得一个朋友曾经说过这样一句话：在这一串由“1”和“0”组成的字符里，永远藏着巨大的力量，你永远不知道它下一秒会创造出什么样的奇迹。当然，他那时候并不明白生活的奇迹并不仅仅是科技力量所带来的物质保暖，还应该包括那些爱我们且我们也爱着的人对我们的影响。他不会去爱，虽然被爱着。直到选择独身旅行，他依旧坚信爱情是自私而独一无二的，因此永远不会主动跨出第一步。

临走前，他安逸地坐在沙发上思考着什么，我笑眯眯地看着他。他是我在这里少有的男性朋友，每当他心烦意乱的时候就会跑过来找我，然后一个人静坐着直到把问题想通。不得已，我必须要陪伴，哪怕他或许并不需要我这个可有可无的灯泡。

“你说，要不是因为生活，一个人生活不是很好吗？”

“为什么？生活也可以只属于一个人啊。”

“因为我需要在社会里生活，需要过上所有社会里的人想要让我过上的生活，不然我就可能成为异类，甚至会被排斥。”

“至少你在我这里永远是自由的。”

“嗯，谢谢你。”

“你是有什么心事吗？”我第一次试图问他，“或许你可以告诉我。”

“嗯……”他沉吟了一声，又戛然而止，屋里的空气瞬间降至冰点。我讨厌他这样，每次突然的沉默让我尴尬不已。可我知道他是好人，虽然我也是。

那天晚上，我们沉默着地坐了半小时，最后他方才开口：“你说，一个人走完人生的路会不会太孤独？”

“可能，但我还没有走完，没法给你意见。”我不知道他葫芦里卖的是了什么药，但我知道，他开始在思考计算机以外的其他东西了——值得庆幸。

我换了个舒服的姿势，半躺在沙发旁边的摇椅上，昏昏欲睡。劳累一周，我本打算好好休息一下的。

“我曾经喜欢过一个人，现在也很喜欢。”

“啊？”我的精神瞬间又恢复了，惊讶且欣喜地看着眼前这个貌似带着害羞表情的男人。

“我们高中同学，后来到这里工作后再次相遇，我们刚好单身，就经常在刻意留意对方。”

“嗯，你那个女同学怎么样？”

“长相清秀，性格温和，是理想型的妻子。可并不是理想型的女友，因为太木讷了。平时在一起，我们聊天都需要迁就她。她偶尔想说话，我要滔滔不绝；她沉默，我又不能说话。你说，这是不是很累？”他换了个坐姿，半躺着靠在沙发上。

“有时候我会讨厌你的自以为是，你知道吗？你觉得对方好，你就牢牢地抓住，不喜欢就要学会放手。什么叫做理想型妻子，不理想型女友？”事实上，朋友间的谈话每次都会以这种形式的争吵收尾，一个大脑里全部装满数字和代码的男人似乎并不那么适合说这种话。

“嗯，我知道。”他低着头，台灯光下，他半身陷入沙发的阴影中，显得萧索而凄凉。两个人，一盏灯，一段故事。

“所以我最后也没有拖着她，我们成了好朋友。”他突然坐立起来，快速地说完，又躺了下去。

我沉默。我讨厌他这样的态度，似乎觉得一切都理所当然，无论结果如何，自己永远是那个受伤的人。我心想：这么自私，或许单身比较好。

“我们一起出去吃饭，两个人很开心地聊了半天。后来，她话匣子打开了，又开始和我聊艺术、聊哲学，我就开始头大，但最后还是强忍着听下去。我不喜欢这样的交流模式，所以后来我一个人借口走开了。”

“她知道你不喜欢吗？”

他摇头：“不知道，但我想她应该从我的态度就能猜到问题所在了。可她就是不改，每次聚在一起都会这样，我都快疯了。”

“你不说，还指望别人猜？那么我猜你现在一定疯了，要我带你看医生吗？”

他愣了一下，又说：“我知道自己的毛病，也确实知错了。可是，你要知道我希望等到一个理想型的伴侣，我们一起聊天、一起爬山，还可以一起吃火锅。对了，那女孩不喜欢吃火锅。”

“我不知道该怎么说，你自己作选择吧。”

“不用选了，我们冷战了3个月，然后分了。她一直有人追求，当然，我知道她喜欢我，至少比喜欢别人还要多一些。”他侧身抬起头认真地看着我：“那天她和我说，她本来想和我一起过生日，给我买礼物的，可我就这么对她。最后，她很生气地跟着别的男人走了。你说，我是不是做错了什么？”

“确实做错了蛮多的。那么，你之后有什么打算呢?”

“我请了假，打算出门旅游再回来。”

“好情致，祝你一路顺风。我要休息了，你打算?”

“我可以借宿吗?”

“不可以!”我把他送走后，就直接睡去了，他就是这样的人，不管是否会给别人带来麻烦，最后只会思考自己是否得到什么。不过，他确实是一个很好的人。

再接到他电话时，他已经在旅游目的地了，他说那里的空气很好，他希望能在那里多待一段时间。

三个月后，他终于还是回来了，身边还有一个长相清秀的女孩。他们在青岛重遇，两人在一起喝啤酒、唱歌、吃饭，疯玩三天后，突然才发现其实双方很适合，打算长久交往下去。

有时候，爱情就像风中沉睡的风铃，你以为它不会再响，或许转身就会让你在某个街角与你的那个她重聚。

第九辑

针线闲拈伴伊坐·感动

人间自有真情在，在这段不长不短漂泊的路上，我与无数人擦肩而过，与无数人相视一笑。在频繁的际遇交往中，我收获了无数的感动，我将它们细心收集在心底。当夜间冷风刺骨的时候，可以小心地拿出来细细品读，或许能伴我一夜安眠。

如果我有机会，一定会重新回去找他们，让我重拾起对生活的希望。

那是很久以前的事了，我和他们一家在某次志愿者活动中相遇，并让我的生命重新燃起温暖的火焰。

我还记得那天活动我们预计进行 3 小时，下午 2 点开始，5 点结束。可事实上，当下午 1 点我们看到门口聚集的老人们时，负责人不得不下令我们立马采取行动，提前开展。我们忙得晕头转向，又是买花布置会场，又是准备水果和茶水，最后还有安排入座。半小时后，全部搞定，可人也累得没精神了。整个会场坐满了老人，你一言我一语地聊着家常，显得热闹非常。

可后排的某个角落却显得异常安静，没有和邻座老人们的互动，也不是很活跃。这让我大吃一惊，毕竟这种情况是很难发生在校区的第一场义演活动上，何况这次活动的主旨就是邻居之间的互动。可这一家人却不同，一对老夫妻，头发花白，显得几分佝偻，却又很精神。夫妻旁边是两个体格健壮的男孩，似乎是他们的孩子，从外表看他年龄不小，但从动作看来却又好像是小孩子。老夫妻一边看着节目，一边照看孩子，眼睛每时每刻都盯着孩子们的一举一动。当时，我就站在他们身旁，瞬间明白了很多，因此对他们一家的一举一动总是特别留意。可我害怕自己的目光里泛着的某种特殊感情会引起他们的注意，因而时不时会调转目光，看向其他地方。可越是这样，就越容易引起别人的注意，或许这也是不礼貌的。直到我们的负责人注意到我有些异样，特意从后方的休息室走了过来。

她拉着我走到一旁，满眼慈祥地问我到底发生了什么，为什么眼神一直飘忽不定，是不是不舒服。

我用手指悄悄地指着那一家四口，小声地说道："你看，他们是不是很不一样，我们可不可以给予一些帮助呢?"

负责人沉默了会儿，看着我点点头，拉着我走进休息室。她一脸严肃地说道："你能观察到这一点，确实很难得。可你有想过，你要怎么帮助他们呢？我们又可以为他们提供什么呢?"

我摇了摇头，不知道她为什么这么说，难道帮助非得是物质上的补贴，精神上的抚慰不算吗？或者，其中的深意我并不明白。

她摆了摆手，让我拿着一张调查表去询问情况。

我一个人走到老人中间，突然又走了出来。看着前排座位上拥挤着站着的老人们发出欢快的对节目的叫好声、鼓掌声和说笑声，我突然意识到依旧坐在后排的一家四口过分安静了些。那时，我仿佛置身河流的交汇处，突然不知所措了起来。我不知道如何开口，也不知道用怎样的方式才能不触碰到别人最敏感的地带，更不知道怎么样才能以最礼貌的方式去走进别人的圈子。

可事实上，情况并没有我想象中的那么难，或者说相当简单。当我和另一个志愿者端着水走到老人面前的时候，他们笑着看向我们，并不介意我们打扰了他们，也很乐意帮助我们做调查。可最难问出口的还是问卷的最后一道附加题——您认为我们有什么可以帮助您的吗？

我们本以为他们会列出很多物质帮助的条件，可最后那位父亲却尴尬地说道："不知道会不会给别人带来麻烦，我就随意写了几项老年兴趣班之类的活动。实际上，我们并不会多过地打扰你们，所以也不必在意。”

我当时笑眯眯地说道：“没事的，毕竟可能很多老人也和您一样，随意填了几项当是完成任务，我们现在需要的是您真实的建议。而我们需要的，也正是您真实的需求服务。”

老人不好意思地挠了挠头，说：“那么就计算机吧？你知道，老年人不像年轻人一样懂电脑，我们看到你们年轻人网购，也想跟着学。可是，一直就学不大会，也不知道怎么付款。我们老两口平时没时间出门采购，家里也离不开人，如果能像年轻人一样网购就好了。”老人搓了搓手，补充道：“我们的电脑偶尔会坏，可我们也不知道怎么修，很不方便。如果你们能教会我们网购，还有修电脑，那就很好了。”

我突然变得哑口无言，因为这样的答案是出乎我意料的，我本以为他们会提出很多过分的要求，还为此曾在大脑里模拟出了很多种应对策略。随后，我们在愉快的气氛中结束了整个问卷调查。

我们走后，负责人亲自来到老人那里，以闲聊的形式进一步获取信息。原来，老人先后生下一对孩子，但都患有先天性疾病，只能住在特殊护理中心。两位老人从年轻的时候就经常去护理中心做义工，可最后连自己的孩子也被送进去。其实，刚开始也很难接受，最后不得不当作是上天安排的命运，只能默默承受。现在，老人年纪大了，为了孩子们还是坚持每天都去护理中心。因此，平时需要利用网购的形式来解决日常生活的需要，还可以省一些钱。

事后，负责人告诉我们：“无论我们做什么事，都不仅是在以帮助者的身份付出，与此同时也是被赐予者。我们从帮助别人的过程中获得心灵的洗涤，得到一份心安。我们应该这样想，如果说这样的困境落在我们身上，或许我们连站起来的勇气都没有。我们需要学会感悟，而不是怀抱慈悲的信念去一味地同情，我们不是神明，无需忘我的慈悲。”

我们都是普通人，我们需要的是感悟生命的快乐，学会坚强地面对生活中的每一份困难。生命本身脆弱而坚韧，无论身处何时何地，我们都要懂得坦然接受、努力改变。

今天早晨起床的时候，心里感觉很空，我坐在床上使劲思考这些年我到底是丢失了什么，到底又获得了什么。最后，什么结论也没能得到，只能看着空荡荡的房间发呆。

倘若流水不从门前流过，是不是就不会带来北方已经开始入秋的消息？偶尔我会想起在家的父母，他们在家是否早已感觉到了秋季的凉意，是否会坐在餐桌上吃着饭聊到我这个不孝的女儿，是否还会在每天清晨醒来后发现家里少了我呼出的气息。我太久没回家了，不知道家里养的胖猫咪是否还记得我的模样。

还记得我还在念书那会儿，因为实习一整年都没回家。过年刚回到家的时候，拖着大包小包，好不容易才到家。刚想丢下东西抱抱当时还是小猫的它，它就立马扑到我怀里来，使劲儿地蹭了蹭我身上，发现不对劲儿后又静悄悄地走开，迅速爬到我妈妈的怀里。

我爸在一旁笑着说：“你去念书，每天我一开门它就会站在楼梯口张望，好像是在等你。我拉也拉不回，只好等晚饭时骗它回家。持续半年等不到你回来，它也乏了，就不在楼梯口等你了，改成了到门旁边睡着等你。就和你小时候一样，刚开始每天晚上坐在楼梯口等我们回家。我们只要远远地看到你，就会觉得终于到家了。可后来你长大了，也不等了，自己玩自己的。你不知道，你妈还特意用糖哄你等我们，你还不乐意。后来，你越大，跑得越远，我们也追不到了。”

老爸说完就匆匆地跑到厨房做饭去了，他竟然不知道是他的这段话把我丢在了深深的自责和回忆中。

我小时候未曾离开过父母，吃穿住用行都是父母在打理，我连碗都很少洗。后来，我逐渐把父母的这种关爱当成了理所应当的服务，更是得寸进尺。衣服不洗，房间不收拾，偶尔压力大还会发脾气。爸爸总是一个劲儿地摇头，说：“我家的女儿什么时候才会长大啊？”妈妈也会偶尔责怪几句：“你老是长不大，我们也不能陪你一辈子啊。”我当时已经了解妈妈话里的含义，不禁感慨颇多，父母永远最爱我，可这个永远最终将会因为生命的有限而消失殆尽。

后来有一天，我还在睡梦中，突然感觉到身边有人。于是，模模糊糊地翻了个身，打算看清到底是谁。只见妈妈坐在床旁边，轻轻地替我捋了捋散落在脸颊上的头发。妈妈细心地看了我的脸良久，之后又悄然转身离开。突然又回头，帮我掖了掖被子，叹了口气方才关上房门走远。我从小就有踢被子的习惯，妈妈害怕我感冒，因此总会在早晨进我房间帮我掖被子。有时候我感冒，她坚持说是因为我晚上踢被子所致，并和我爸因为掖被子的问题嘀咕个不停。现在想来，那么多年他们不知道操了多少心在我不规则的睡姿上。

后来我念大学，不住家里，爸妈也不在身边。刚开始时，每天还是会踢被子，半夜寒气袭来才突然意识到自己早已不在家，立马惊醒，拉上被子将全身裹住，再暖暖地睡下去。后来，爸妈在玩笑中又再次提到我的这个习惯，直说我在大学期间竟然戒掉了踢被子的坏习惯，想来我已经长大了很多。我想，并不是大学让我长大，而是那种远离亲人的生活让我不得不学会成长。

只有在离开家乡后才能体会到陌生所带来的孤独，也只有在离开父母后才能珍惜家庭的温馨。

可如今看来，离开他们我竟一无所有。我坐在这间空房间里，突然感到很陌生，房间里空无一物，冷冷清清地摆放着一张桌子、一张床。床上是被褥刚换上的，还残留着洗衣粉的清香，枕头也已变成了早已习惯了的最舒适的高度。可是，洗衣粉不是家里用的那个牌子，枕头里塞也不再是父母精心准备的有养神功效的决明子，房间里书桌上也不再摆满了书。这里很陌生，却是我一手布置的，我买的窗帘，我淘到的摆件，我挂上去的风铃，还有我一件一件地置办下来的床上用品和餐具。这里有我长久堆积起来的幸福，既然我亲手把自己放到幸福的对岸，我一定会凭借自己的努力游回去。

我洗了把脸，回房间换衣服的时候，突然想一个人呆着静静地看着窗外慢慢升起的太阳，不知道这又是第几次比它早起了。可是生活还在等着我，每一天的变化我都要与时光、与朋友、与爱人分享。我只有站在这里，才能更好地去分享漂泊的美好，也才能更亲密地去融入漂泊的成长的挫折中。

刚走出家门，就能感受到来自世界的善意。清晨的空气里泛着缕缕朝露的湿润，身上的衣服最近也变得很潮湿，秋天的凉意随时随地向我袭来。看着路旁的小树一点一点地变黄，我来到这里已经快半年了。在这半年里，我成长了很多，也懂得了很多。我已不再是当初那个随便一个挫折就能被打败的小女孩，也不是后来那个满脑空想的大孩子，我已从长期的漂泊生活中领会到了亲情的可贵。我与时光一起长大，我们一起从青色走向金黄，一起度过绚烂的时光，一起分担灰暗的岁月。

对不起，我亲爱的爸妈，我爱你们，可是苹果必须要成熟落下，然后才能成长成为大树。

每个人都在兢兢业业地过好每个人的生活，无论是穿梭在城市交通干线上的小白领，还是繁忙奔跑于工地上的农民工，都有着自己对于幸福生活的渴望。在这里，不乏为了锱铢小利而争得头皮血流的故事，也少不了因为博爱无私让人感动不已的传说。缘聚缘散，重聚的不过是一次次感动与感慨。

前些日子，家里下水道堵住了，请来物业的人帮忙维修。来的是一个年近半百、头发花白的中年男人，背有些佝偻，却十分精神。他来的时候正值周末早上，我刚起床就听到敲门声，只能草草穿上衣服开门让他进来。可他站在门口，迟迟不敢进门，腼腆地问道："小姐，请问需要换鞋吗?"

我笑着摇了摇头，示意他随意。但他还是把鞋脱下，整齐地放在鞋架旁边，打算穿着黑色的棉袜直接走进卫生间。我生怕他的袜子被卫生间的积水弄湿，于是拿出了男友的一双旧拖鞋给他穿上。他连忙拒绝我："小姐，不用，我们早就习惯了，你不用担心。"见我没有收回的意思，方才穿上拖鞋，朝着我傻傻地笑。穿上鞋后，人也立马变得精神了很多，话匣子突然也被打开，滔滔不绝地和我说起卫生间的使用科学。他一个劲儿地说："小姐是好人，如果换了别人，一定会让我脱鞋进去。因为小姐是好人，我一定会好好地帮你修好，只是之后如果又堵住了，你只管喊我来修，但千万不要投诉我把你的下水道弄坏了。你看，上次楼上那家人……”他喋喋不休地跟我说着让他烦心不已的楼里住户的维修事故，抱怨自己经常会因为一点小过失而招致住户的投诉，让他一个月的奖金打折。因此，他对每个人都非常小心谨慎，并不乐意做这种多余的好事。每次一旦有人让掏下水道，他立马会交给对方专门疏通下水道工人的电话。对方需要做的就是支付一定的费用，而自己也可以避免之后的麻烦。因此，他嘱咐我这样的堵塞属于正常范围，之后也可以找他过来免费清理，但一定不要因为后来的堵塞去投诉他。他之所以这么做，也不过是因为在他眼中，我是一个好人罢了，我所能做的也不过是一句谢谢和一双拖鞋、一杯热水而已。

他细心地搬开下水道出水口附近的东西，半跪着蹲下，凑近出水口仔细观察内部情况。一边看，一边小心翼翼地用工具往里边掏取堵塞脏物，他认真的态度仿佛就像母亲在为孩子细心地掏耳朵一样，细心温柔。不一会儿，他从下水道里掏出很多秽物，迅速地放入垃圾桶内。等问题解决后，他抬起头礼貌地跟我说：“小姐，问题解决了，是被头发堵住了出水口，现在掏干净了，之后注意就好了。”见我不愿意碰垃圾桶里的东西，又细心地将垃圾袋包好，带走。

事后与男友提起这件事，一个善良的人，别人一句“谢谢”就足以换到他半天的真心话，还有帮忙，这世界还是好人多。听完，他饶有兴致地跟我聊起他父亲：“只要别人说一句好话，他立马就能披上衣服出门帮人家做活到晚上。他做了一手好木工活，每个周末都会帮邻居修家具什么的。后来我出门念大学，一走就到现在，就连他过世也没能赶回去看他最后一眼。我现在回想起来，甚至不知道他在某年某月某时某分，头上添了几根白发，背又向前弯曲了几公分，眼角的皱纹加深了几毫米，我看到的只是他背影的苍老。每年我回家时，一定能从父亲的身上发现某个印象深刻的变化，或者是身体的衰老，或者心灵的沧桑。他一辈子都在为了我们整个家操劳，到最后还是在为我担心，我也非常难过。可现在回想起来，某段路上曾经和父亲一起走过，某段路上我们能相聚，已经是上天的恩赐了，谁能保证一路上相遇的都是如此善良的人呢?”

这位啰嗦的中年男人也让我想到我年老且同样啰嗦的老父亲。每次回家，他就喜欢在三两杯酒后跟我聊起隔壁邻居之间的趣事。说到动情处，父亲甚至还会放下酒杯，对着我胡乱比划一番。他见我笑了，就握紧我的手说：“女儿一个人在外面，爸妈在家担心，又不知道怎么帮你。每次你打电话，你妈就要让我闭嘴，生怕你声音小，她听不清。有时候听你哭，我们比你还心疼，想让你回家又怕你反感。你说你一年回一次家，我们老两口大眼瞪小眼地在家里过生活，有时候想说说话，你妈在看电视，有时候你妈想跟我发牢骚，我又睡着了。家里空荡荡的，平时也没个人。要说不孤独，一定是在骗你，我们发自内心地希望你回到我们身边。但你既然做了选择，我们也不难为你，只求你每天过得开心就好。”缘聚缘散，我终归是父母的牵挂，从我呱呱落地到如今东奔西走，父母从未将心思从我身上挪开半点，只会越聚越多。因此，有时候我在想，与其等待重聚，何不如一直聚首？但身不由己，一旦选择漂泊就注定不会有一颗安定的心，我所期待的不过是一段重聚的时光。

当夜，我们安然入睡。

轻松一点，或许会更好

就在我还很小的时候，我母亲一直试图向我灌输一个观念——生活本来就有很多不如意，与其让自己不开心，还不如放轻松，或许结果会更好。

我曾有一段时间想要去一个完全陌生的地方寻找内心深处的安宁，并在那里邂逅我曾无数次渴望的浪漫意外，可结果是我差点儿做出了一件难以弥补的错事。

那天午后，天气显得有些烦闷，我一个人百无聊赖地走在那条宽阔的街道上。那时候我还很年轻，什么事情都不是很懂，当然也不会有人因为我的一个小失误而计较很久。因此，我甚至一直坚信自己从未有过错误的判断，更不会出现那样的失误。可事实上，我错了，大错特错。或者，我从未对过。

他一个人坐在道路旁边的一家小店，慢慢地品尝着当地著名的小吃。因为我也是独自一个人，便毫不犹豫地走过去询问是否能在他身边坐下。他轻轻地点了一下头，我便毫不犹豫地坐下来等饭菜端上来。我从不计较细节，因此经常也会败倒在细节上。他那天岿然不动地坐在那里，表情淡定自若，让我忍不住一直盯着他看。明知这样很不礼貌，但我夸张的好奇心一直躲在某处蠢蠢欲动，那时候刚好爆发出来。他太过严肃，就像我父亲，我一边四下里张望，一边端正地坐好等饭菜。

很久以后，我再回想起当时的事，依旧觉得自己并不如所想象中的那样善良、正直。有人突然大叫着有小偷，身上的钱包被偷了。那人突然走过来，一把抓住衣衫并不是十分光鲜亮丽的他，大叫着：“就是这个人偷的，就是他。”我坐在旁边，看着那个人大声地嚷嚷，声称他就是小偷，让他把钱拿出来。这时，我才注意到那个所谓的“失主”，正伸出他的另一只手向旁边围观的人摸去。身处异乡，人生地不熟，我的胆量并没有强大到能够路见不平一声吼的程度。我悄悄地盯着他的手，企图用自己的双眼制止他的行动，可我也没能看出半点端倪。自以为这从来都是我的弱点，在母亲看来，这不过是来自遗传基因的固执，可这对于我后来的人生路却是一个重大的挫折来源。如果不曾发生过那件事，我或许就会一直在父母的宠溺中自以为是地认为自己所作的一切都是正确的。

后来，果然有人被偷了钱包，而他也因此被揪住要送往当地的派出所。所有人都站在那里，窃窃私语，指指点点。从某些人的对话中，我才知道这个中年男人是一个落魄的流浪汉，租房住在附近，常年依靠捡废品和做临时工为生。平时与邻居之间并没有很好的交流，行事鬼鬼祟祟、偷偷摸摸。单身，且无正当职业，为人孤僻，身有残疾，就好像是人生来就带有原罪一般，成了将他锁定为最佳嫌疑犯的重大依据。无论他如何争辩，或者说无论他如何用双手比划，都无法告诉众人他是无辜的。他确实是一个聋哑人，腿上似乎还有残疾，这让他走起路来并不十分方便，并且他看起来畏畏缩缩，更是具备了一切怀疑对象的特征。我因为小时候与同是聋哑人的表叔住在一起，故而知道这个人身上那种处事不惊的态度不仅来自于年龄的优势，更多的是上天为他打开的另一扇窗。可是，那时候的我竟然被吓得开不了口，目不转睛地看着不远处怒目圆睁的小偷。

我四下望去，没有人愿意为他说上半句话，每个人都仿佛看笑话一般说着很多无关紧要或是落井下石的言论，眼神里也满是鄙夷。我想，要是我在看到小偷伸手偷东西的时候加以阻止，是否就能避免他遭受之后的屈辱。如果我在之后能大喝一声，为他表明冤屈，是否就不会有他之后下跪求情的一幕。时间永远不会给我答案，一切的猜测最终都是虚幻，事实就是他求助无果，下跪请求众人的原谅。

在过去，我经常会很疑惑：一个人到底是出于什么样的目的才会折损尊严，请求别人施以帮助。那时候，我方才明白过来，当人变得孤立无援的时候。我立马站出来，告诉大家我懂哑语，我可以为他做翻译。他并没有偷东西，而事实上作案者另有其人。我四处张望，那人已经跑得无影无踪。众人议论纷纷，我指了指他的腿，近乎怒吼地喊道："他腿上有残疾，行动不便。又聋又哑，听不到也不会为自己辩护。可他却能一个人靠自己的劳动养活自己，难道还有人觉得他是小偷吗?"

"小姑娘，你还年轻，你不会知道这个世界上还会有坏人。他们可怜，却也十分可恨，虽然平时披着一张老实人的面皮，可做起坏事来却从不手软。"一位中年妇女站了出来，说："我像你这么大的时候也很天真，以为天下遍地都是好人。等你长大了，你就会明白人心叵测。"

我站在那里，近乎怒吼地说道："所谓人心叵测，你们为什么偏偏怀疑他？就因为他身上穿的衣服不够体面，嘴不能说话，行动不便，也没有正式工作？明明刚才那个穿西装的年轻人才是小偷，你们偏偏就不怀疑他。如果穿西装的年轻人真的是受害者，为什么现在抓到小偷后人却不见了？难道他不想要回自己的钱?"

众人努了努嘴，闭口不答，揪住他衣领不放的壮汉此刻也早已松手，大家满面和气地对他说着抱歉，随即一哄而散。他满脸笑容地看着我，反复"说"着感激的话。随后，又走回小店，付了钱方才走了。

有的时候，人活得太累就是因为太过聪明，轻松一点，或许会更好。

相逢何必曾相识

我坐在家门口，迟迟不愿意进门，不知为何。这里藏有我太多的思念，让我在转身间不小心就能看到与某处相似的风景，从而勾起我过多的感怀。

我从楼道上往下看，心想：虽然在这里住了 3 个多月，可这么久以来有多少人我认识，多少人会对我笑，多少人会和我打招呼呢？我不知道。偶尔，我仿佛在这座由陌生感情汇聚的森林里迷了路，身边无一人相识。我该去该留，我该好该坏，我什么也不知道。

我认识 A 先生的时候，他已经在一家地产公司里成了中层领导。那次，他是面试官，我是求职者。我见他笑容可掬地坐在我对面，我也回之以微笑。当面试即将结束，他问起我是否有什么疑问的时候，我问了一个至今还是很疑惑的问题：“正如您所述，这份职业或许并没有那么轻松，那么在刚入职的时候，您是否曾经也感到过困惑呢？又是怎样的事让您走出那种困惑的呢？”他并没有直接回答我的问题，只是给我讲了一个故事。

刚毕业的时候，他与同学 M 一起租房在城郊某个偏僻的角落，两人同住一间房的上下铺。虽然当时的房租并不高，但对于两个初来乍到且身无分文的年轻人而言，也算一笔不小的开支。如果以他们今天的收入来看，那一点儿支出算不了什么，可对于当年身上负债累累的他而言，却可以算得上一份沉重的负担了。可是，生活还需要继续，只不过他比别人更需要一份工作，更需要努力罢了。

所幸的是，那时候大学生还是稀缺资源，他们很快就找到了各自觉得最理想的工作。M君找到了一家事业单位，收入稳定且较低，有编制，有集体户口；他则来到了当时很多人并不怎么看好的房地产行业，找了当时还很小的一家公司先做下来。虽然如今那家公司已经发展成为当地卓有成就的一家知名企业，可就当年的情况而言，他的工作在同年级的同学中算较差的了。当时的他，极度缺乏自信，之前的朋友也逐渐疏远，M则成了他当时最好的朋友。当一个人经历过漂泊后，一定会明白来自未来最大的羞辱不是失败，而是来自内心本身的孤独和挫败感。

对于他而言，世界的变化让人措手不及，还未摆好防守的姿态，社会就已经以另一种态度对待自己。正如他所言："人到了社会上，就会慢慢地变得现实了，这一点不能否定，也更加阻止不了。但实际上，最艰难的是过程，而非结果。就如同我今天以一个成功者的姿态向你描述成功，可你并不知道我所经历的困难。所以，年轻的时候我们更应该感激那些陪伴我们成长起来的朋友，因为正是这些人真正分享了我们的失败和落魄。"

工作后我们会发现，学校里的知识与社会所需要的智慧并不完全吻合，经验有时候比规律显得更加重要。因此，对于新人而言，除了重复以积累经验外别无他法。可即使这样，经常还会觉得力不从心，眼看着整个人都一心一意扑在工作上，结果却事倍功半。虽然心里明白，万事开头难，也清楚好事多磨的道理，但实际做起来却并没有那么容易。生活不会如意，如果你坚持下去可能会等到明天太阳升起，如果不能坚持下去可能就连今夜的月亮都不能很好地欣赏。可是漫漫长夜，却很少有夜归人。因此，每当看到M君悠闲自得地上下班，就会怀疑自己是否真的能力有限，或者时运不济才导致如今的挫折与失败。每个彷徨、徘徊的瞬间，他都会一遍又一遍地质问自己，自己到底追求的是怎样的生活。如果没有家庭的羁绊，自己是否真的能走上理想中的道路。可是，M君最后的反击却让他突然间醒悟过来，无论怎样，最终支撑自己走下去的并非天赋，而是坚持的信念。

同样，M君也面临这样的境遇。事业上很难有起色，心理上的挫败感一天天加剧，人也在每天繁重而枯燥的工作中逐渐丢失掉信心和锐气。直到某一天，M突然意识到自己已经不再重视学习，不再爱好与人结交，更加不再注意时间的规划。之前明明计划两天内读完的书，总是要以工作忙作为借口，一推再推；本来可以按时完成的工作，最后可能会想出一个借口来延缓期限，或者直接推脱责任。一事无成，成就感永远站在借口的对立面。偶尔同学恭维的话成了最大的讽刺，自己明明住着最简陋的房间，经常需要向室友借钱度日。眼看着室友每天都在向自己诉说他的进步，自己只有努力才会找到逃出去的出口。

当然，如今两人都有了各自的事业。M君最后还是辞去了本来很安稳的工作，在朋友帮助下成立了一家小工作室，专做工业设计外包，而他则选择一直留在那家公司，跟随上司学习实践的经验。几年后，上司升迁，他自然成了最好的继任者。当两人再次聚首回想起当年的岁月时，仿佛昨日的经历早已成为两人命运中一个最重要的起点。

我们谈到最后，他正在我对面收拾着东西，准备将要走。突然，他又坐了下来，对我说："你现在是不是以为生活很艰难了？整天跑招聘会，递简历，满心以为别人会接受你，但最后还是被拒绝。就好像在学校里做功课，慎之又慎地熬夜写完作业且反复检查很多遍，满心以为会得到100分。结果，被老师一顿痛批，换回了一个不及格。我当初也是这样的，刚出校门时本以为天下就是我的。可实际上，我没有社会经验，没有能将知识转化成为财富的能力，没有人脉，没有社会资源，怎么可能毫无阻滞就顺利成就一番事业？我能做到的只有一步一步地经营我的人生，慢慢地朝着那个方向不断努力。这个时候，等待远比进攻更有用。当然，当你回顾过往那些艰难的岁月时，一定会发现最可贵的就是那个能和你一起奋斗的战友。”

当天，我打了很长时间的电话给远在外地的同学，感谢她在某段时间里的陪伴。

别人的故事

张小姐与李小姐是一对表姐妹，张小姐是姐姐，李小姐是妹妹，两人年龄相仿，在同一年出嫁。两人从小就是父母口中“别人家的孩子”，相互成为对方被用来作对比的对象：张小姐数学拿了第一名，那么李小姐一定要拿到语文第一名；如果张小姐学素描，那么李小姐至少要学芭蕾；后来，张小姐嫁给了工程师，李小姐就找了一位高校青年教师。李小姐处处以姐姐张小姐作为标杆，时时刻刻自觉或被动地去学习张小姐的一举一动，无论李小姐是否愿意承认，最后她成功了——她顺利成为张小姐的复制品。

生活不是戏剧，无需彩排，结局未定。就在李小姐满心以为自己姐妹双双得到相同的幸福时，张小姐于去年年底即将带丈夫回家过年的时候，向全家人宣告自己已经离婚两个月。在李小姐看来，这简直就是天方夜谭，因为张小姐向来是一个坚忍的人，除非被抛弃，否则不可能选择离婚。而这个猜想对于全家人而言，则是奇耻大辱，以张小姐的性格更是不会说出来。因此，只有一种可能——张小姐亲自摆脱了婚姻的束缚。可这更不可能，无论什么状况发生，张小姐根本不可能是主动的那一方。

当然，这件奇闻成为当年老张家和老李家最大的爆炸性新闻。全家人纷纷上阵询问张小姐离婚的原因，可张小姐选择三缄其口，对于离婚的理由只字不提。即使过年回到家，也对家人保密到底，对于前夫的好或者坏并无任何评价。如果父母强制问起，就只是默然地看向父母，再找借口溜走。为此，张小姐的母亲甚至还以为张小姐中了邪，坚持要请来先生看看家里的风水。当然，这种荒唐的行为最终还是被张小姐和老张先生阻止了。两位老人对张小姐担心不已，却又无可奈何，只能任由张小姐自己来处理。

张小姐与李小姐的相聚是在一年一度的除夕夜家庭聚餐上，高朋满座，咿咿呀呀地讨论着家长里短。最后，难免会有人不识趣地提起张小姐的事，这又使得老张夫妇感到非常尴尬。于是，当张小姐向父母请求提前离席出门转转时，迅速得到了长辈们的许可。张小姐从小到大很少有让家人担心过的情况，可这次却让父母忧心不已。因为害怕张小姐路上出现意外，老张夫妇请求与张小姐一起玩到大的李小姐追出去陪伴张小姐。李小姐欣然同意，简短地对丈夫交待几句后，匆忙拿上包就跟了出去。

正值除夕前夜，街道上显得格外冷清，稀稀拉拉的几个人缓慢地行走在街道两旁，车道上疾驰而过的汽车行驶的速度似乎也变得欢快了很多。张小姐就站在前方不远处的石桥上，呆呆地看着桥下。李小姐立马察觉到不对劲，赶紧跑上前去准备阻止意外的发生。但张小姐只不过是在观察冰冻住的河面，而李小姐这一抱差点儿让两人一起陷入危险的境地。

张小姐傻笑道："你以为我要跳河吗?"

"嗯，姨妈让我跟出来看着你。"

显然，张小姐脸上的表情缓和了很多，面带微笑地说："我必然不会想不开，离婚是我提出来的，我永远不可能会后悔。你说，我们两人无论是从外表，还是性格上来看，都很像。可仔细观察，又觉得你和我是完全迥异的两种人。你性格看似柔弱，实际上很坚定；我看起来很坚强，而实际上却并不是很能坚持。因此，我从小就特别讨厌我妈拿我们来作对比，明明是两个完全不同的人却被当作双生儿来对待。你喜欢什么，我妈妈都要逼着我学。你穿的衣服，我妈妈也会给我买一套相似的。你学习好，我妈妈也会不断要求我继续努力。偶尔我就会想，到底什么才是我自己的追求，我并不希望成为躲在你身后的阴影。”

李小姐见张小姐愿意开口，心里的大石终于放了下来，便大胆问起她为什么不和家里商量就直接提出离婚。

张小姐并不介意聊起这个话题，反而显得有些兴趣盎然。或许是因为太久没有和人倾诉过这个问题，她呆呆地看了她几眼，方才开口说话：“你说，一双鞋子需要谁来判断它是否合适？或长或短、或窄或宽，到底应该如何判断？”她指了指自己脚上的一双黑皮鞋，苦笑着对李小姐发出了疑问。

“那还用说，当然是穿鞋的人。”

“可是穿鞋的人却并不自由，偶尔也会因为别人的一句话而穿上一双不合脚的鞋，仅仅是因为别人认为那双鞋更适合你。我从小性格懦弱，视父母长辈的话为圣旨，什么都听他们的。他们让我念书，我就念书，让我嫁人，我就嫁人。如果仔细思考，那样的人生根本就不是为了我自己，而是为了很多与我有关，却最终与我无关的人。”

李小姐并不知道该如何劝慰张小姐，只能认真听下去。

“父母喜欢用别人的故事来告诉我们应该怎么做，可那样的故事并不一定会按照剧本来出演。就好像你婚姻幸福，可我却并不那么快乐一样。所以，我选择了放手，打算下半生为自己而活。”张小姐沉思良久，又继续说：“我以为的幸福是自己追求自己所爱且能享受到的幸福，无论最后头破血流，还是孤苦无依，我都希望能自己走完自己选择的路。”

年后，张小姐来到了南方某城市，打算在那里走一条自己永不后悔，且真正属于自己的路。或许，鞋还是不合脚，但那双鞋里不再塞满了别人的故事。

第十辑

门前流水尚能西·无悔

倘若时间允许，我想重新再走一遍，我一定不会跳开那些挫折与磨难，我一定会告诫自己，漂泊使我成长。我从不畏惧前路的艰险，哪怕赤身爬过荆棘，我也要在明天日出前赶到那里。我还要重新享受一遍曾经的幸福，哪怕最后各分东西，也要让自己无悔。

缘分

我从老人手里接过鲜花编成的手链，一阵阵清香沁入心脾。我连忙说几声谢谢，付了钱准备上班去。

曾经一个偶然的机会，从楼下看门大叔处得知老人的境遇，竟然不禁产生敬佩之情。老人年轻时曾是远近闻名的美女，性格孤傲，谁都瞧不上，独独在十七岁那年看上了远乡来此处游学的一个少年。两人一见钟情，并发誓非君不嫁，非君不娶。这原本是一段才子佳人的美好爱情故事，本应撰写在流芳千古的连理枝上，让每一个路过的行人忌妒不已，让每一对相爱的恋人诚心跟随。可那时正是战争年代，兵荒马乱间人们丢失了风花雪月的闲情逸致，少年志存高远外，一心效仿古人投笔从戎。老人心高气傲，任是如何也不愿意求少年留下来陪伴自己争论生活中的柴米油盐，更何况天下兴亡，匹妇亦有责。因此，当战事紧急，前方危难的消息传入这座歌舞升平的城市时，男子毅然从军，而女子也不过低头沉吟间便决心为男子等待下去。

两人匆忙见过父母，办了婚礼，少年便跟随军队南下而去。整条长街全是送行的妇孺，空气中弥漫着永别的气氛，每个人在伤感之余紧紧握住亲友的手，强颜欢笑地安慰对方一定会衣锦还乡。虽然明知这也不过是绝望中的慰藉，但双方总也会在心里信以为真，少年与老人亦是如此。少年安慰老人自己最终能在白骨堆中堆筑出抵御外侮的城墙，也终将能成为卓有成就的千古名将，彼时老人也无需忧心，只管享受富贵荣华即可，而老人也向少年再三强调自己一生不再改嫁，一定要等到他回来。

此后，年年岁岁，江边的码头上总伫立着老人的身影，形单影只却坚定不移。纵使接到少年战死沙场的通告，老人也依旧十年如一日地等待着当年那位少年的归来。她依旧坚守着当年至死相守的誓言，终身未嫁，守着一个“陈夫人”的名号度过了大半辈子。这段故事被载入了上世纪那段残酷的战争岁月里，除了街边几处闲聊的老人外，并没有多少人曾参阅过那场爱情的故事。

只见老人坐在小椅子上，旁边放着一张小桌子，上面摆满了早晨刚摘下的花以及几串刚编好的手链。她身穿棉质的长衣长裤，虽然颜色早被洗得发白，却又显得干净、精神。她时不时抬头看看来往的行人，又低头编起手链来。偶尔，她还会点起一根细长的香烟，优雅地抽上几口，笑眯眯地和旁边的人说几句话。徘徊间，我竟不自觉被她迷住，思绪好像回到了上世纪某个神秘的街角。一位有着窈窕身姿的少女站在屋檐下，焦急地等待着即将归来的情人。身边满是啼哭焦急的妇女和老人，她则悠闲地抽着烟，时不时往南方回城的方向望去。偶尔因为害怕朝露太重弄湿自己今晨才熨好的衣服，伸出细长的手指弹开衣服上的露珠，把衣服的褶皱抚平。她仿佛很紧张，又似乎很随意，站在屋檐下久久不言语。可让她意想不到的是，自己的精心打扮、耐心等候最终换来的却是天人永隔的消息。或许，她曾脆弱过，但眼前这位老妇人的脸上除了岁月的痕迹外，并没有一丝怨天尤人的迹象。

我还记得我母亲曾经指责我不懂得珍惜，因为一切来得太容易，所以我并不懂得如何去珍惜。我后来想，这份指责放到我的爱情历程上去或许也是对的，因为从未懂得如何去爱，也就很难得到任何被爱的信息。只可惜我母亲并不知道在长年累月的思念和自责中，我最终还是明白了爱情本身的粗浅意思，也终于具备了去爱与被爱的能力。随着年龄的增长，我最终明白，漫漫人生路上我需要的不仅仅是一个陪着我一起玩耍的玩伴，更需要的是一个能陪伴我一起成长的伴侣。人只有在失去后才懂得珍惜，只有在错过后才会理解爱情。

还记得某天下雨，我一个人在离家不远处的一个电话亭里躲雨。那天的雨特别大，除了电话亭外一盏昏黄的路灯陪着我外，竟然连一个行人也没有。老实说，我确实有几分害怕，但心中却不知为何突然萌生出一种想要独处的想法。因此，我一个人裹着一件薄外套，蜷缩在电话亭里胡思乱想。我不知道自己为什么到现在还坚持守在这里不舍离开，也不知道为什么会选择用一段情感来束缚自己，更不知道为什么长久以来没有锻炼出一颗坚定不移、宠辱不惊的心。我知道在这里的艰辛，就在到来之前，我也早已幻想过千万遍。可当我真正面对那份来自生活、事业的艰辛时，却又往后缩回去。归根结底，最终也不过是因为不专心，很难在某个领域里坚持下去。我的失败，归根结底是因为我本身性格上的缺陷所导致的。越想下去，自信心越是丢失得更快，我一遍又一遍地数落自己的缺点，到最后我哭了出来。我一个人呆在这里，外面雨很大，我身上很冷，没有人来找我，我也不能去找任何人。我总是把自己置身于一个危险的境地，然后等待自己绝地反击，可最终的结果往往是我的行为伤害了很多爱我以及我爱着的人。我不知道自己哭了多久，也忘记雨下了多久，只记得他就站在门外悄悄地陪着我。忽然，他伸出手拉我，开口说：“走，我们回家去吧。”

我从来都不后悔在这里的生活，因为你在向我证明这个世界上还有一个人会等我，还有一个人被我爱着，且爱着我。

错过的车站

有人曾告诉过我这样一句话：我把今天丢给了昨天，让前天成为梦想。他告诉我，一个人只有在有梦想的状态下才会理解今天的行为，也才能做好每天的事，因此，他一直在为梦想奋斗着。

在这里遇到他的时候，我还处于状态最差的阶段，生活习惯紊乱，前途一片渺茫，而他则不同，虽然也刚辞掉一份不错的工作，却找到了另一份自己喜欢的职业。他是我的校友，比我大四届，我刚入学他就毕业工作了。因为少运动的缘故，他肚子上的啤酒肚特别突出，因此我偶尔会顽皮地称他为“二师兄”。所谓心宽体胖，他毫不介意地回敬我“沙师弟”。他是哲学系的师兄，又修过宗教学的知识，从他的言谈举止中总能感受到一缕缕青灯古佛的踪影。对他，我确实是非常敬佩，从他身上我也学到了很多东西。

地铁车厢里，他坐在我旁边，正看着一本我我曾经花了三个月时间才看完的书。现在，我因为工作的原因，并没有很多的精力去寻找图书并花时间去阅读，在生活上被工作压榨得毫无闲情逸致可言。因此，整整一个多小时的路程，我盯着那本书看了很久，不知不觉中陷入了思考：要是生活那么辛苦，我为什么不结束漂泊回家呢？回家后，我可以每天只工作 8 小时，每天步行上下班。早晨起床，和爸妈说早安，还能吃到家乡独有的早餐。下午，可以回家吃晚餐，吃好饭和爸妈闲聊一会儿就可以回书房看书。晚上，星辰刚刚闪烁，华灯还未点上我便早早睡下，半躺在床上看一些自己喜欢的闲书。不用早起，不必担心工作做不完，不用忧心晚睡的时候后悔今天的任务没完成，也不用因为水电费与室友争论不休，更不用为了说错一句话让朋友间闹不愉快。我在这里并不愉快，还未找到成功的喜悦就已然遭受很多来自失败的挫折……

“你很喜欢这本书吗?”他用中气十足的声音打断了我的思考，我这才抬头看了一眼这个身材魁梧的北方大汉。他眼里平静如水，神情似乎毫无波澜，可嘴角又挂着似有似无的微笑。我见他并无任何令人厌恶的表现，便轻轻地点了点头。他回之以微笑，说：“你看过吗?”

“这本书是我看的第一本先生的小说，这本书本身的文字就很舒缓，再加上是半白话文，阅读起来也不会太艰涩。看网上有人介绍说书中处处是伏笔，因此，我还特意看了三遍。”眼前的人并无任何恶意，我自然也就无需过多警惕。“可是，越是反复看，就越是佩服先生的想象力。”

“我这也是第三遍看这本书了，是朋友推荐的，可读完后又觉回味无穷，想反复阅读把文章脉络理得更清楚些。”他慢慢地合上那本书，展开一副打算促膝长谈的架势，两眼中充满了儿童般好奇的眼光。

“我也很想找人跟我聊聊这本小说，可从大学一直到现在，或是没有人看过，或是觉得幼稚直接拒绝了我。有人看到作者名叫‘还珠楼主’，便立马联想到市面上随处可见的网络小说，立马变得兴趣盎然，而我却感到非常失望。聊不到几句，最后话题又会偏离了。”

他颇似理解地点了点头，并不否认。

“先生的书，写得大气又不失细节的铺垫。虽然书中一直在强调命由天定，任是一场恶战、一段姻缘、一次冤孽，都早已被上天定好，而每个人看似很无奈，却又在命运中不断挣扎，徘徊在善恶之间。我想，这就是这本书被称为奇书的原因，通篇劝人从善却又不落说教的俗套，情感抒发中又是少有的直截了当……你说，既然世间事由上天注定，人为什么还会去挣扎呢？要是命运注定因为漂泊而孤苦无依，那么我是否可以选择放弃重新来过呢？”意识到方才口不择言，又止不住要去责问命运的曲折逼仄。既然我没有任何选择的余地，为什么还需要我去承受，如果我选择后悔是否还可以回头。

他沉默了很久，似乎我选择的话题并不算陌生人间应该聊的问题，可那时的我感到来自各种方面的压力，仿佛一松手就会被上天抛弃在黑暗无光的世界里。我们陷入了某种尴尬引起的静默中，瞬间气氛降到冰点。

我不好意思地笑了笑：“抱歉，我本来是不会这样子的。就是因为最近烦心事比较多，突然遇见你，又看到这本书，才会这么激动。”

他也摆了摆手，示意不在意。不一会儿，又接着说道：“你说，要是这段时间的挫折发生在很久以前，你还会如此在意吗？要是度过了这段时间的辛苦和彷徨，你还是对那段生活感到无助和绝望，那么你可以考虑重新作出选择。生活不可以重来，我们要做的不是让后悔变成主色调，是要学会享受过程，学会不去说后悔。”

他说的话也不过是老生常谈，我并不以为意，只是微微地点头，打算结束这场讨论，他却没有停止的意思：“我之前在寺庙里供职，专做香客的心理咨询。每天听到很多人各种各样的困惑，自己也会感到很不解，为什么会有那么多人为自己过去的行为感到后悔或者困惑。就在后来，我发觉自己也在为现实与梦想之间的矛盾而苦恼的时候，才突然意识到自己很难逃脱对过往选择的后悔自责。我本想做工程师，可大学学的是佛教哲学。可自学计算机工程入职后，却发现并没有想象中的那么简单，或者说适合自己。最后，选择了现在的工作，在一家小公益机构里做策划师。如果说不后悔，那根本是不可能的，自己一直徘徊在三个极端不同的职业边缘，努力寻找适合自己的方向。心里不断在想，如果自己一开始就知道自己的方向不就好了吗？可此一时非彼一时，我们最终还是在改变，后悔当初的选择还不如为今后的选择努力。”

随后，我突然意识到，自己坐过站了……后悔又有什么用呢，我又得重新坐车回去。

现在的努力决定你的未来

临近冬天，这个城市越来越冷了。

虽然不过是十月的天气，街上的人们已经逐渐换上了有些臃肿的冬衣，行色匆匆的步伐仿佛也放慢了一些，脸上也多了一份慵懒的神色，越来越低的温度仿佛让人都快进入了冬眠状态。

因为工作关系之前认识的一个女生打电话过来，说："我已经毕业好几个月了，一直还没工作，看到你们一个个都在不同的城市安定下来，有了稳定又体面的工作，家里人也开始催我了。"她顿了顿，"其实，我倒没有特别想去大城市的想法，我觉得，自己的家乡挺好的，以前父母让我留在家乡我还一直犟，不屑一顾地说我一定要去大城市闯荡一番，但是现在好像慢慢开始向往安定的生活了。哪怕工资低一点，安稳就够了。你有想过那样的生活吗?"

我想起了以前的学生时代，那个时候，我的脑海里面总是充斥着无数的想法，想背着包拿起地图去外面自由自在地旅行；想抱着一台相机去记录身边点点滴滴的生活；想吃遍这个世界上所有的美食；想去见识所有美好的事物。那个时候总是希望不久后的自己，能拥有自己想要的一切东西，说到底，还是希望自己有足够的物质基础，来不断满足自己跟身边人的需求。

我已经工作好几年了，从刚开始走进社会到现在，都是一步步慢慢积累的过程。刚进公司，我跟公司好几个应届生一起，拿着最底层的底薪却做着并不轻松的工作。那样的生活，当然算不上安稳，我们经常为了几角钱跟小贩计较半天。为了省钱，经常结伴一起去拼桌，点着最便宜的菜。那样的日子就是每天辛苦但又不得不让自己显得精力充沛。

但是我一直认为，安稳也好，打拼也好，这都是每个人自己的选择。

就像在这样一个城市，有每天准点上下班、周末还能悠闲地喝着下午茶的白领，也有每天加班到半夜忙得晕头转向，甚至过年过节都来不及回趟家的人们。

前不久去 xx 出差，见到了很久不见的 lucy，跟以前相比，她确实变了不少。我们约了一个地方，跟另外几个朋友一起喝着茶聊着天，听她们说在这里这么久以来遇到的种种事情。

Lucy 说着她刚进公司被她同事处处刁难的情况，故意让她做一些琐碎的事情，当差不多所有人都下班回去享受晚餐的时候，她还在办公室处理那些没来得及完成的工作。虽然公司是一个体面的大企业，看上去光鲜气派，但是这里面的明争暗斗只有真正身在其中的人才清楚，lucy 当时又是一个不算强大甚至有些软弱的 80 后小女生，被人欺负也是正常的。因为是外地人，又没有背景，着实吃了不少苦。xx 这个城市物质消费水平又高，刚开始每个月拿着不多的工资，除开房租，就所剩无几了，她说她第一次租房子，为了省钱选了最便宜的，家里什么家具都没有，都是自己一点点买回来的。然后下班回来去附近市场买一点便宜的蔬菜自己做饭，她说她至今还记得自己做完第一顿饭时那一刻心里的成就感，那个时候好像才有那么一点点自己已经融入这个城市的感觉。

但是靠着自己的努力与执着，她拼尽了全力，一点点做到了现在的位置。

可是她说，当她现在想起这些事情时，丝毫不会觉得委屈或者愤怒。那段经历，不论什么时候对她来说都是一笔财富。我看着她拿着手中的柠檬水晃了晃又仰着头笑了起来，对我们半开玩笑地说，“那首歌怎么唱来着，冷漠的人，谢谢你们曾经看清我，让我不低头更精彩地活。”说完还自顾自地唱了起来。

看着坐在我对面成熟优雅、对我们爽朗大笑的lucy，我确实打心眼里佩服她。她高中毕业之后就远离家乡独自来这城市求学，毕业后又选择了继续留在这里。看到她现在一副无所不能的女超人的样子，我都怀疑几年前那个在电话里面哭哭啼啼对我吐苦水的人是不是现在我面前的这个lucy。

我举起杯子敬了敬lucy，说实话，看到她现在的样子我打心底高兴，同时又觉得十分感慨，我笑着说“lucy，说真的，我特别为现在的你感到骄傲，也为你一直以来的努力感到骄傲，希望你以后能真正过上自己喜欢的生活。”

每天穿梭在城市的大街小巷，看着无数的过往路人，感觉就像进入了一个茂密的原始丛林，这里面有无数的生物，而我就是其中的一个。每个城市都有那么多的年轻人，带着或明亮或疲惫的眼神。他们会面对怎样的道路？正在经历怎样的困境？有多少人在为自己的目标而努力奋斗？又有多少人在竞争中被迫出局？

对于刚进社会，或者即将踏入社会的朋友来说，内心确实充满了未知与不安。甚至得不到家人的理解与朋友的支持，对未来充满了迷茫与彷徨。不知道自己究竟是应该坚持自己最初的目标，在这个城市落地生根，接受无数未知的挑战，还是选择在一个自己生活了一二十年的家乡接受安稳自在的生活。

每一个人都有自己一心想要达到的目的，每一个目的，也都有它获得成功的一种方式，而这种方式是一帆风顺还是布满荆棘就无从知晓了，毕竟未来是一个未知数。所以，人们在努力的路上，或多或少都会遇到不同的挫折与困苦。当面对这些的时候，有人选择直面这个竞争激烈的社会，承受来自外界的压力与不断的打击，不停地打磨自己，而可能最终被这个社会折磨得体无完肤，也可能涅槃重生迎来一个崭新的美好生活。有人选择安稳平静，不紧不慢地过着按部就班的日子，虽然放弃了自己最终的追求与目标，但是也能慢下来细细品味生活，观察那些被忽视的风景与事物。

生活本来就是多样的，无数的方式可供我们选择。只是对于社会这个大熔炉来说，我们都是微不足道的小蝼蚁，所有的竞争和挑战也都是不可避免却又可以选择的。我们选择做什么、去哪里，或者选择不做什么、离开哪里，必定都是有原因的，就像我们选择面对什么样的挑战，又选择去逃避怎样的竞争一样。

我们可以选择忙碌或者安稳，但是无论怎样，时间都是在一点一滴地过去，我们都是处在一个一步步往前进，不断积累、不断成长的过程中。

乔布斯有句话说得好，“人这一辈子没法做太多的事情，所以每一件都要做得精彩绝伦。你的时间有限，所以不要为别人而活。不要被教条所限，不要活在别人的观念里。不要让别人的意见左右自己内心的声音。最重要的是，勇敢地去追随自己的心灵和直觉，只有自己的心灵和直觉才知道你自己的真实想法，其他一切都是次要的。”

不论你现在选择或者即将选择怎样的方式，请始终记住，这个世界上，并不缺乏像你这样的人，多的是比自己更优秀、更努力的人。所以，为自己当下的选择而努力。在不久或者遥远的将来，在你一点点变老，在去回想自己以往的生活的时候，你所期望的是欣慰或是悔恨懊恼，这都是由你当下的付出与努力决定的。

不要害怕面对挑战与波澜，也不要对当下的安稳平庸感到颓废，只要在自己所选择的道路上勇敢前进，努力坚持不放弃，这就对了。

书生与图书馆

所谓的“壁花先生”，说的也不过是他。他相貌平平，性格内向，不善社交，不会才艺，无论是聚会中，还是交往中，一定会被众多人忽略的那种人。因为性格的缘故，我们都喜欢称之为书生。

书生是我们当中年纪最小的，可也是我们中间学历最高的，大学本科毕业后离开故土去到英格兰念书，并在那里著名的学府取得了双硕士学位。他成绩优秀，有着杰出的学历背景和实习经历，各方面都很突出。可就在毕业那年，他放弃了国外公司的邀请回到了祖国，打算在这里做出一番业绩。当然，私底下他告诉我们，最主要的原因还是因为当年的失恋对他的打击太大，无法再继续留在一个满是怀念的地方度过余生。于是，在父母的要求下，立即决定回国赡养父母。

当然，他凭借着出色的能力很快就在一家影响颇深的外资银行里做起了审单员。他坐在我面前，慢悠悠地喝着茶，说：“每天着西装，还必须要打领带，夏天办公室里吹空调风力也会有控制。一眼就能看到尽头的工作，自己觉得实在没意思，也就放弃了。于是，不到半年时间，我辞职了。我打算重新回到学校，做一个学者，将学术作为我一生的事业。”他随手拿起一本书，笑着说：“可是，做学术哪是那么容易的，我需要复习考试，之后是面试、试讲，还有上课、发表文章。当然，最先也是最主要的难关就是考试，那时候，我毕业几个月，对书本上的东西印象早已开始模糊。因此，我选择了最想要回归的本科时代的母校。我报名的时候，刚好临近报名将要截止的时间，仅剩下两周的复习时间，按照我平时的读书习惯来说根本就来不及。”

说完，他慢吞吞地喝了口茶，我早已习惯他这种说话方式，明明一段可以说完的话，他偏要拖到对方耐心全无的时候才慢吞吞地说出来。他仿佛缓了口气，继续说：“一个月，10本书，差不多这么厚。”他用手在手边的书脊上比了比，看来确实是一个巨大的工程，尤其是对于做事向来追求慢功出细活的他。

“最后，我当然在两周内把书看了三遍，并且学会了一个看书的新方法。那就是不要回头反复看，要强制自己一遍过完，要想再回顾必须要从头开始。”他自鸣得意地点了点头，我们相互哂笑。因为即使如此努力争取，最后他还是放弃了辛辛苦苦考来的大学青年教师身份，重新到一家外企做起了会计。

我问：“你既然那么努力，为什么最后还在面试的前一天决定放弃？白白花费了两周时间拼命复习，还看了那么多书，还不如当初安心做你的票据，或许现在也能很不错。我们现在送你四个字：何必折腾。”

但对于这个问题，壁花先生并没有想那么多，他说：“我第一天过去看书就后悔了。那是我第一次以考试为目的进入市图书馆，看见里边全是人，每个人都在埋头读书。于是，我就找了一个靠窗的角落坐下来准备看书。等我刚坐下打开书包，发现对面坐着一个正在认真看书的女孩，手里捧着一本比我这本书还要厚的书正在认真啃读。我立马觉得不能落后，一定也要把书给看完。我们两人一直在那里看了两周的书，每次我偷偷地看她，她都在非常认真地看着那本书，时而皱眉，时而微笑，表情丰富，让人不禁觉得特别可爱。我每次看书累了，就会偷偷地瞄她两眼，然后继续看书。这种状态持续了很久，我怡然自得。”

他思考了一下，又接着说：“我真的很好奇那本书究竟是怎样的，竟然会让人产生如此多的表情。因此，在那两周的最后一天，也是我考试的前一天，我还是没忍住想要偷看她到底在看什么书。于是，我趁她离开的时候，悄悄地将头凑过去偷看书的封面。结果，竟然是一本包装粉嫩的网络小说。我差点没笑出声来，心想在那么严肃的地方看那种书确实很另类，尤其是那么一个有气质的文静女孩。可就在那时，还没等我反应过来女孩已经坐回了自己的位置，笑嘻嘻地轻声说道：‘我们打赌，你一定会偷看了，果然……今天我打赌赢了，请你吃晚餐，你去吗?’最后，我就有了你们的嫂子。”

他得意地对我们笑着：“那天晚饭间，我们聊了很多，我说我要去高校做学者，我要考试。如果不是遇上她，估计早就放弃考试，回家啃老去了。她突然对我很灿烂地笑，严肃地说自己的选择自己承担责任，如果自己内心不够坚定，无论是谁也不能让他做出最后的选择。瞬间，我才意识到自己考高校教师不过是为了逃避之前乏味的工做出的一个临时决定，其实自己内心深处早已对未来做出了一个明确的决定，只不过一直以来因为害怕困难所以就迟迟未做出行动。最后，我在考试结束的第二周又和她回到了那个图书馆，我复习会计师资格证，她还是陪着我。现在我回过头发现，我做了一个很好的决策，会计师刚好是一个我喜欢且收入不错的工作。人生难免走过几条弯路，不错过，哪来的正确呢?”

我无语，只能看着他一遍又一遍地复述着当初的情景，一脸幸福。壁花先生最终找到了他的好好小姐，两人幸福快乐地生活在了一起。

确实，不错过，哪来的正确，与其后悔，不如静心寻找一鸣惊人的机会。

错过的路

曾有朋友跟我说过，在这座物欲横流的城市，每个人张口闭口全是金钱、权力，或是车房、工作，很少有人真正为自己而活。虽然我不喜欢这么消极的观点，但我知道，这个世界上确实有人会因为金钱、权力而错过其他的路。

“流年不利，你说我新买的包包怎么就被刮花了呢？”陈小姐是我过去一位要好的朋友，我们认识很多年，直到我来到这里才走得更近些。她“呼”地一声，又把包包扔在沙发上，自己坐了过来。

“你最近又去购物了？你男友可真好，每次你不开心就会带你去购物，看来你这次收获颇丰。”

“嗯，前两天让我请假陪他去旅游，我不想去，可他说让我顺便去那边买些东西，我才勉强答应的。”她满是自豪地说。其实作为朋友，我更应该劝她找一个适合的，但我知道她想要的是什么，劝不过是没事找事罢了。

“嗯，那么你这次一定很开心吧？”

“还好，就是他最后有事要提前回来，我或者和他一起回，或者一个人在那里购物。我觉得没必要一个人待下去，就决定和他一起回来了。这次就去了 3 天，但他之前让我请了一星期的假，哎。”她一边说，一边站起来四处找东西。

"你找什么呢?"

"山楂糕。他在家里不让我吃那个，我也就不怎么买，只能到你这里找找。我知道你这里一定有的，是吧?"似乎刚才脸上的一丝不快一闪而过，我从不过问她的生活，只要她在我这里开心就好了。

"你说，我和他分手好不好?"她颇有些认真地问我，听起来又似乎是在开玩笑。

我不置可否，只是劝她对自己好一些，平时也不要贪玩，多把心思放到工作上去。我不知道为什么会说那么多，也不清楚当时她为什么会这么说。直到一周后，她突然过来找我陪她买山楂糕，说是很想吃。

"你知道吗，我和他分手了，是我提出来的。"

"嗯，你之前不是想好好地和他相处下去吗?"

"他不是一个会珍惜的人。平时说一不二，我一点不能违拗。他要我请假，我第二天就必须不许上班；他要我吃饭，我绝不可能在逛街。我昨天晚上突然想到如果我连自己喜欢吃什么、做什么都需要他来吩咐的话，我的生活还有什么意义。不能吃喜欢的点心，不能穿喜欢的衣服，也不能一心一意做好喜欢的工作，我的生活还剩下什么?"

"确实，你应该好好考虑一下。"

"我提出分手的时候，他很惊讶，然后给了我一张卡让我自己逛街去，说他还有工作要忙。瞬间，我之前建立的一切欢喜都崩塌了。午夜，他给我发了一条短信，说同意分手。我算是解脱了，之后也无需再为了任何人而承受过多的负担。你说，这样好吗?"

"我知道你心里是有主意了的，你做了决定，我绝对会支持你。"

"嗯。"

那天，我们还是聊了很多，我从不知道在那段感情中她竟然承受了那么多。平时朋友聚会，她不是在聊包包，就是在说衣服，似乎生活中除了物质享受就再没有任何值得她留恋的东西。久而久之，朋友也就逐渐散了，她也知道自己的毛病，可每次说要改正，但很快又一定会故态复萌。

后来，她重新换了一份自己喜欢工作，从最初级的职位开始做起。为此，她还搬家到公司附近去住，打算借这次机会彻底改造自己。她兴高采烈地告诉我，自己每个周末都要和朋友聚会，一起出门购物，买食材回家做饭聚餐，一起聊八卦，一起看视频。如果可能，自己还会报班学习，考几个证书，发展一些兴趣爱好。

她说："生活太单调，自己也容易多想，可午夜醒来会突然觉得心里很空，仿佛一切都在梦幻中。我为了他，丢掉了朋友，也失去了很多本该属于我的兴趣还有快乐。周末他有空，我必须要陪着他。如果约会临时取消，他就给我卡，让我买衣服去。有一天，我因为工作上的事很不开心，被他看到了。他非但不安慰我，还对我发脾气，说我不懂事，不会理解他。我解释了很久，说是因为工作上的事。他立马就要让我辞职，说不工作在家里他也可以养我。本来挺感动的，但突然意识到我们只不过是男女朋友关系，我凭什么让他养我。我又不是家里的宠物，他把我养起来，我就更不自由了。"

见她的话逐渐多了起来，我方才放心。我想，让她说完了，也就好了。

最后，她坚定地对我说道："我要把错过的路全部走完，我要重新来过。"

当我再次见到她的时候，已经有一种多年不见的感觉了。那天刚好是一个晴天，我在附近拜访客户，顺便就想约她出来吃个午饭。她穿着一身黑色的职业套装，脚上是一双无任何装饰的黑色牛皮职业女鞋，脸上化着淡妆，人也精神干练了很多。她工作很忙，因此我们只能约在她公司楼下见面，匆匆吃个饭，她又必须要回去了。看着她小跑着离开，我仿佛又能看到多年前那个在大学校园里奔跑卖命的发传单小妹。

她当时正在为社团和学习的事情烦扰不已。我见她一手抱着一摞传单，一边走一边发给路人。我正好去她学校找一个朋友，见她一个人很辛苦，就趁朋友没来的时候帮她解决一些。那时候的她精明干练，就像现在一样。不知道什么时候，她为了什么改变了曾经的自己，或许她曾经也错过了什么。

晚上，她给我电话，说对方要求复合，她拒绝了。她说，无论之后会怎么样，她永远也不会后悔。

时光是最好的良药

我最近经常会和朋友聊天说起男友近期做过的搞笑事，取笑他年纪轻轻就有老年痴呆症的各种症状，如果离了我，后果恐怕不堪设想。

有一次，他去朋友家里拜访，但出门的时候竟然忘记换鞋，穿着拖鞋坐了 2 小时地铁，又走了 10 分钟的路。到了朋友家里，对方家人看到他脚上穿了拖鞋，又是惊讶，又是好笑。回来的时候，借给他一双运动鞋，又帮他把拖鞋装在盒子里带回来。后来朋友的妻子打电话问我，是不是故意不让他换鞋就撵他出门，不然怎么会不知不觉穿着一双冬天的拖鞋坐那么久的车，还走那么长的路。我笑了半天，说他最近基本上很少不换鞋就出门的了，之前有时候会穿着拖鞋上班，到公司门口才意识到脚上穿的是拖鞋，只能立马给同事打电话借皮鞋穿，或者直接去买一双上班。后来他人也变聪明了，把皮鞋留在公司，穿着便鞋上下班。他又嫌麻烦，就干脆把鞋刷和鞋油带到公司里去。电话那头朋友的妻子表示不可信，男友向来是一个讲究就生活品质的人。这时，我才大笑道：当然是骗你的了，他从来就喜欢全副武装迎接生活，因此不打扮是绝不出门的。那次确实是一时忘记了，之后他就兴冲冲地去了。

或许，那个人会这样：他不讲究生活，习惯也很差，经常熬夜，还不喜欢刮胡须。有时候和我一起逛街，胡子拉碴的，看起来至少老了十岁。偶尔碰到我公司的同事，见我同事盯着他看，立马就会意识到可能胡茬太明显，随即用手捂着下半张脸。久而久之，他和我的同事们也都熟悉了，他看到人也自然热络起来，根本不会顾及形象，以至于有同事会问我，我男友不是和我同岁吗，怎么看着比我要老很多。我只能笑着摸下巴说，他胡须长得快，又喜欢熬夜，当然看着显成熟了。这种玩笑开久了，他也会认真对待，看同事说他显老，回去还一直缠着我问是不是真的显老。我又不能实话实说，不然电话那头他又要缠我一晚上。只能说他人本身成熟，不刮胡须就显得年纪大些。得到满意的答复后，他安然睡觉去了。

后来，不知道什么时候起，他开始学会每天早起必须要刮胡须，把自己收拾妥当才出门。我们约会，他也不再随便穿一件上衣短裤就出门，也开始学着收拾干净自己再见我。我问他什么时候脑子开窍了，他只会傻笑，什么也不说。我想，或许就是那段时间他的心开始走向某个我不知名的方向。我本以为我们的人生会一直沿着那条平行的轨迹走下去，可谁想到他突然急转弯，我来不及跟上便就此别过。

我还记得分手前，我们平心静气地坐下来谈过一次，我问他为什么选她，而不是选我。

他当时低着头，半天不说话。最后，好不容易开口，就简单地说：她人比你好，比你温柔，会照顾我。

我目瞪口呆地看着他，竟不知这么多年来相互之间培养起来的和谐关系，最后竟然被他否定得一无是处。我安静地对他说，我早就学会了独立，平时也能一个人逛街、吃饭、看电影，周末也有娱乐项目，有朋友陪，有家里人需要我去关心。如果少了他，我可能会有一段时间过得不是那么开心，但最终我还是会找到属于自己的幸福。

他听我说了很多，竟然抬起头说：跟你在一起的时候，我不知道什么是被爱的感觉，我一直在付出，你的回应却很少。生日的时候，我送你礼物，你一定会在第二天回礼。吃饭付钱，我请客，你也要和我 AA。好不容易你习惯做女朋友的角色，我发现你开始过多地责备我，却永远不告诉我。我需要如何做才能改正。如果要问为什么分手，那就是因为我感觉不到你身上有做人家女朋友的觉悟。

我愣了半天，欲言又止，不知道如何去反驳。明明我自认为一切都在为他着想，最后却落下很多不是。而他心里早已病根深种，却从不曾告诉我，让我不能及时对症下药。

那天，我们推心置腹地聊了很久。临了，他说，或者我们尝试着放手，可能会好一些。

现在，我偶尔还是会想起当时的情景，那个女孩站在他身后楚楚可怜的身影就像一根针一样，刺痛了我的每一根神经。我不知道他到底为什么选择离开，但我依旧很感激他过去对我的爱。虽然我不懂事，我任性，我不独立，但如今我也有一个人爱着我，并且刚好我也爱着这个人。

时光是一剂最好的良药，治愈了我长久以来的刺痛，也让我打开了当年的心结。我们之所以到最后互相伤害，并非因为我们性格不合，而是我们不再爱了。漫漫岁月，我走过了几度春夏秋冬，经历了由北向南的迁移，在季节的轮回中我一次次带着希望靠近，又一次次地伤重归来。本以为我们曾经爱过就是证据，实际上他后来不爱了才是我爱过的明证，他那天下午的话鲠在我喉咙深处，时不时跳出来扰乱我本该宁静的生活。

如今，我早就将他所爱的菜谱换成男友的偏好，把关于他的记忆丢弃在某个记忆的拐角，我不再因为他而快乐，正如我不再因为他而悲伤一样。虽然年轻的时候海誓山盟，但到最后我们依旧各奔东西。

我今天把男友的拖鞋重新换成新的，旧拖鞋就容他穿出去，只要他开心我便已经很快乐。

对的人

最近，我时常在地铁出口接到买房的传单，大红色的彩印传单纸上赫然标着“低至”等字样，俗气且普通。于是，我跟男友感叹说这种颜色的传单页，要不是上面写着买房恐怕也不会发出去吧。男友笑着问我，是不是想要结婚了，不然怎么开始关注这个了。我点了点头，说我刚好适婚，就不知道你是否待嫁了。他看我开玩笑，又认真地问我一遍，我点了点头。他才满意地回房间睡觉去了，留下我一头雾水。

这是一个朋友的故事，他年初刚买的房，因为他即将要和未婚妻结婚。房子买在市郊，有地铁，交通方便。他对我如是描述，可我回他，我不要租房，请出门左拐。他脸上有种难以掩盖的喜悦，毫不介意地问我打算什么时候结婚，或者两对新人可以办一场婚宴，反正朋友也有交集。我就知道这人一买了房，如意算盘就开始打起来了。我说，我和他还没那么急，很多事还没确定。他似有所悟地点头，说，要是遇到对的人，你就嫁了吧。人一辈子要走那么多条弯路，虽说多一条不多，少一条不少，但结婚是一辈子的大事，女孩子还是要睁大眼睛尽量让自己少遇挫折。男友是个不错的人，看起来不成熟，实际上心思比谁都要细腻。所以，我尽可能在这方审慎考虑，要认真地谈就坚持下去。要不想谈，最好还是不要相互耽误。

我问他怎么会突然说起这个，我和男友确实是认真在谈，他认真，我也很靠谱。

他说："年轻的时候还没想过要定下来，什么都不确定，因此生活以玩乐作为主要内容。那时候，我就遇到了一个对的人，可惜时间不对。如果是近三年遇到她，我一定会穷追猛打，一直到跟她结婚为止。"

我打趣他，说："你比我大，当然要知道的多。那姑娘现在怎么样了？你可以试着再追回来的。"

他摇摇头，继续说："估计追不回来了，她现在有自己的生活，怎么可能还会接受我？那时候我爱玩，很少会考虑到她的想法，每天早出晚归，周末也会出去和朋友聚会。我们恋爱的时候，她每天早上都会给我做早饭，晚饭也留在冰箱里等我回来。我都把这一切当成理所当然，不知道去珍惜。你嫂子现在连碗都不碰，我们经常回她娘家吃饭，或者叫外卖，有时候心烦说几句还会和我吵架。"

"我不擅长解决家庭纠纷，要的话，我男朋友随时候命。"我自认为不喜欢听别人抱怨，尤其是这种类型的抱怨。清官难断家务事，我可不想被说成爱管闲事的人。

"我和那个女孩恋爱 5 年，从 22 岁到 27 岁，她最好的光阴全部用来陪我成长。可惜，最后我成长了，她又不在了。"

"你小心我告诉嫂子。"我不想听别人回忆过往，试图阻止他说下去。

"你不会的。那女孩和我一样，都是外地人，到这里打拼都不容易。因此，除了情侣关系，我们可能还有一层亲人的关系，她就像我在这里的归宿一样。虽然我不一定会时刻想起，但我最终还是要回到那里。就是这种相互依偎的关系，我们持续了 5 年，她早就成了我生活的一部分，但我却逐渐从她生活中被剥离。"

“嗯，我能理解。然后呢？”

“我们分手了，某天晚上我回家，看到冰箱里没有吃的。桌上留着字条，她说要和我分手，本来想当面说的，但我回家晚，她先休息了。我以为她只要还住在那里，我就一定还会有转机。可结果，我迁就了三天后，在朋友的一声号召下，又出去了。那天，我玩到半夜才回来，她竟然还坐在客厅的沙发上。她看着我，说饭菜在冰箱里，那是最后一顿，之后她不会再给我做饭。因为之前我说留字条分手不礼貌，她那天特意等到午夜我回来，当面对我说。”

“嗯，确实挺可惜的。”

“后来，我们本来说好要保持联系的，可搬家后不久，我手机被偷。就那样，我彻底失去了她的联系方式。”

“你们有共同的朋友吗？你知道她在哪里工作吗？你有她朋友的联系方式吗？要想找到还是找得到的，只不过不想找罢了。”

“她和我朋友圈子的交集不多，我也很少见过她带朋友回家，不过最根本的原因是我确实是不想找。因为听说她刚开始有新生活，也有自己的生活圈子，不再像过去那样下班就立马回家，做饭、做家务。如果继续和我呆在一起，估计她还是不会改变。所以，我也就放手了。”

“你果然比我男朋友还不靠谱，现在你就好好结婚享受婚姻生活吧，毕竟这次是你自己选的人。或许不那么适合，但一定是你现在最爱的。”

“嗯，我明白你的意思。我和我老婆是在夜游的时候认识的，认识不久后就发展成男女朋友关系。随后我想还是有个家比较好，所以就向她求婚了，她也答应了。下个月婚礼，你可以和你家那位一起过来，就当见面了。”

他知道自己找错了倾听者，因此很快结束话题，走开了。我可不想听到一个错误的人描述一段正确的恋爱关系，你不靠谱，如何要求别人也跟着一起靠谱?

后来，据说婚礼以新娘轰轰烈烈的逃婚收尾。不久后，他重办婚礼，他还是试着找回了那个对的人。

迟来的婚礼

男友曾和我说过一个有趣的朋友，对方性格豪爽，为人正派，却一直非常惧内。平日里五大三粗的男子汉，见到他那位娇小玲珑的妻子就好像老鼠见到猫一般，畏畏缩缩。

有幸亲眼见到这个人是在不久前，他打算和妻子重新拍一次婚纱照，想听听我男友的意见。时值秋季，他穿着一件长袖格子衬衫，下身是一条牛仔裤，干净大方。因为身材魁梧，显得坐在旁边的男友过于文弱，全身上下透露出一种健康的活力和朝气。

他用低沉且带有轻微哭腔的声音说道：“这么多年，我连个像样的婚礼都没能给她，其实心里一直很愧疚。她从十八岁跟我一起出来闯荡，从替人家打工到自己开店，她忙里忙外一句怨言也没有过。这次我刚好售出一批货，攒了些钱，想满足她的心愿，拍一套像样点儿的结婚照。”我并不知道到底是怎样的事才能让一个男人变成这般光景，我要做的只是转身回到厨房，为他们做一顿晚饭。

我转身后，只听见男友稍作沉默后，轻声说道：“我明白，这样吧，我给你一张我朋友的名片，你可以找他帮忙。嫂子确实也不容易，这么多年跟着你，也确实吃了很多苦。你放心，我朋友很负责，一定会帮你办好的。”

他瞬间变得欣喜非常，立马站起来给妻子打了个电话。听到他打电话时温柔的嗓音，我这才发觉他是如此地爱着电话那头的女人，声音中的每个颤抖似乎都带有一种来自爱情的温暖音符。

那天晚上他们聊了很久，我也从他们的谈话中听到了整个故事的梗概。这个朋友 M 与他的妻子 W、我的男友是同乡，也是高中时的同学。M 家境不算很好，在初中的时候父亲因为意外落下残疾，家里情况就开始一落千丈。家里依靠母亲的工资，还有祖父母的帮助，总算支撑了下来。高三那年，M 决定放弃继续念书，一毕业就出去打工挣钱养家。当时 M 与 W 早已恋爱，但 M 为了不拖累 W，一个人悄悄买了车票到了附近的城市打工。不久后，他还是被家人从那里带了回来，让他无论如何都要参加考试。无论最后是否能考上大学，就当作是对中学六年生活的一次总结。他坦然接受，可心里一直在消极地抵抗着，他认为自己作为家里唯一的男人，有义务让所有人都过上富足的生活。于是，高考失利后，他毅然决定离开家乡来到这里开始生活，而女孩随后也告别家人，离家出走，随他漂泊在外。这些年来，W 跟着 M 吃了不少苦，风餐露宿，居无定所，就连结婚也因为得不到 W 父母的承认让 W 很长时间以来苦恼不已。

晚上，等他走后，我才敢向男友问明具体的情况："你说，他们结婚多久了，现在才补办婚礼，拍婚纱照?"

"大概 3 年了吧，怎么了？他们正式在一起都快十年了，早就应该结婚了。之前 M 因为钱的问题，没能办成结婚证，还跑到我这里呆坐了半天。那时候我租的房在城郊很偏僻的一个地方，他硬是倒了三小时的公交车才到我那里。当时我问他发生了什么，他不说话，就在我屋里发呆。我叫他，他也不应。到晚上 9 点，我送他赶最后一班公交，他才慢吞吞地说，自己对不起 W，不能给她想要的生活，就连婚姻都给不了。我看他要哭出来了，突然又咽了回去，猛然跑开追公交车去了。留下我站在原地，哭笑不得。"

“嘻嘻。”不知道为什么，总觉得男友在有意回避着什么，或者说不希望我知道些什么，我也不便再问下去。

“你是想问，为什么他们偏偏选择现在是吧？”

“天气很冷，穿婚纱不是很方便，拍照也没什么好看的背景……”

“嗯，但也没办法，W 父母终于松口要过来看望他们夫妻了，M 很高兴，要重新和 W 办一次隆重的婚礼，正式地拍一套婚纱照。这样一来，好让 W 风风光光地嫁给自己，不致在兄弟姐妹面前丢脸。”

我点头表示同意：“那么，我们需要去做伴郎、伴娘吗？现在算起来，他在这边和你最亲近，我们又刚好没结婚。”

“好的啊，到时候你做伴娘，我做伴郎，让他们风风光光地结一次婚。他们也确实受了很多苦。在我们老家，如果没办正式婚礼的话，是不会被承认的。所以，这次 M 和 W 才会那么重视，他们希望能够同时得到双方父母的支持和认可。”

“嗯，那么我们就这么说定了，我先去休息了，你也早点儿睡吧。晚安。”说完，我调暗客厅的灯光，打开自己的房门准备休息。

“你说，我们要是结婚了，会不会也很幸福？”他突然从我身后走过，说：“要是我们结婚了，我没有钱、没有房、没有车，就连工资也不是很高，不能使我们两个人生活富足。你说，你会后悔吗？”

“要是你看到同事买了很多好看的衣服，买了很贵的包包，花钱到世界各地旅游，而你只能穿旧衣服，没有名牌包包，只能在国内附近城市旅游。你说，你会后悔嫁给我吗？”他声音逐渐低沉，我知道他在犹豫。

我低低地应了一声，径自休息去了。

其实，我想对他说，如果我们也能在一起超过十年，让我今天嫁给他我也愿意，并且永不后悔。

离家多年的我，从当初的青涩逐渐变得成熟又老练，还多了一些世故，现在的自己已经非常适应这个曾经陌生的城市了。有时晚上坐在城市江边某一处高高的餐厅里，透过玻璃向外望去，璀璨的灯光闪耀着各色的光，江上还漂着几艘装饰得异常华丽的游览船，水天相接，仿佛铺了一条通往天际的彩色之路，而这些景象在自己的家乡是不可能出现的。

就在前几天，和我同一个办公室的年轻女孩问了我一个问题：“X姐，我才毕业就进了这个公司，现在已经快一年了，虽然公司非常不错，但是呆在这个城市，节奏太快有些让我适应不了，工作量太大让我都快忘记了自己本来的生活，而且以现在的状况来看似乎离我当初理想的差距还太远，我太累了，不知道还有没有信心再坚持下去，甚至还有点后悔当初的选择，想回到家里安逸的小城，离爸爸妈妈近一些，至少在失落的时候还能有个人陪伴。X姐，我应该继续坚持吗?”

很可惜，我没能回答她。面对这个问题的时候，我竟然有了长久没有出现过的犹豫，甚至有些找不到答案，当在一个城市拼搏得太久，我似乎已经忘记了曾经有过的各种念头。那个女孩不过22岁，花一般的年纪，我努力回忆自己在那个年纪的时候，有过许多的愿望，大部分都是跟物质有关的：我希望有一天能够完成属于自己的环游旅行，带着我的家人，不用担心宾馆太贵，不需要选择特价航班；我希望看到自己喜欢的东西能毫不犹豫地下手，还有给妈妈买回来所有她喜欢的东西；我希望父母能过上衣食无忧、不操心的生活，每天打打麻将、种种花，心血来潮出去旅个游，度过一个最美好的晚年；我还希望能住上大房子，养一群可爱的阿猫阿狗，朋友来了可以一起在客厅打滚儿，毫无压力……看吧，我曾经是一个这么在乎物质的俗人，而这也是我当初放弃继续深造选择工作的最大理由，也是我唯一的目标和动力。

在过去的年月中，刚开始我也是一只廉价的职场小菜鸟，每个月微薄的工资在付完房租之后便所剩无几，好在当时我所处的环境是一个能让人学到东西并且进步和成长的好地方，这样的锻炼机会是无法用金钱来衡量的，所以我最终还是坚持了下去。不过为了让自己的物质生活更加丰富一点，为了积累更多的小财富，我主动加班、接私活，慢慢地一点点积累，那种很累、很辛苦、有收获的过程却让我心力交瘁，直到现在也无法忘记一丝一毫。后来偶然和前同事一起回忆当初，同龄的他们和我的状态差不多，拿着不到两千的薪水，却时常需要加班到凌晨，中午还不敢和前辈们一起去吃午饭，因为他们的消费水平太高，一顿饭即便 AA 下来也需要花费三十元以上，这在当时是我们完全承受不了的，于是为了逃避，我们经常在快吃饭的时候假装有事提前开溜，一起去边上的巷子里吃麻辣烫或者炒面，偶尔也会买一次 KFC 的全家桶打打牙祭，解解馋。结果还导致了前辈们说我们搞小团体的话柄，而我们连想要解释都无法启齿。

好在，在我近乎自虐的坚持之下，我的情况终于有了一些好转，得到了自己应得的收获。就在这段时间内，我认识了 L，一位抓住八〇年代尾巴出生的女孩子，她的家庭条件比我还要差很多，生长在一个单亲家庭里，由妈妈一手带大，倒霉的是，她还要面对亲戚之间的一些矛盾与不合。我认识她的时候，她在与我们有业务往来的一家广告公司做最底层的客户主任，说白了就是业务员，底薪一千，经常加班应酬，偶尔遇到难缠的客户还要一直陪到深夜，很是辛苦。L是一位真性情的女孩，跟我很是投缘，因为心疼她，我曾想介绍她也做点私活，赚点零花钱，结果却发现她几乎每周都在加班应酬，特别忙，几乎没有任何多余的时间。

我曾问过她这样拼命的理由，也问过她这么辛苦值得不值得。她回答我："我的想法很简单，只是为了给我妈妈争一口气，她一个人把我带大不容易，我妈妈本来是个很软弱的人，非常容易被人欺负，但是为了把我养大她把自己变成了一个强势的女人，所以现在我长大了，也必须强大起来，才能保护好已经渐渐没有能力的她不受委屈。"

L虽然年纪小，却有着极强的责任心，对工作认真又踏实，拼尽自己的全力一点点地提升，每一次的升职、加薪和跳槽，都让她开心不已，因为这样就离她的目标更加近了一步，就只为了让妈妈不再因为贫穷而继续受欺负。

记得有一次因为跳槽，重新租住的房子在城里偏郊区的地方，为了省钱，她租了一间什么都没有的空套房，L一件件去旧货市场淘家具和电器，有了闲钱就添置一件物件，这次是一个床垫，下次是一个小沙发……就这样，一段时间之后，竟然也有了一个家的样子，在所有家居都添置齐全的那一天，她拍下了自己在家做饭的照片，照片上简单的两菜一汤，加上L灿烂的笑脸，异常温暖。

半个月前，我才和L见了面，工作快四年的L已经变得成熟又大气，脸上也没有了偶尔会浮现的那一丝阴郁，笑容也更加地爽朗。她还是会经常提起妈妈的近况，比如上周妈妈来看她了，她给妈妈买了新款的智能手机用来解闷，而她也有了更多的自信去和那些刻薄的亲戚们周旋和反抗。她刚刚又跳了一次槽，这次跳槽让她的薪水几乎翻倍，她换了更好的房子，虽然价格高了一些，但是对于她已经不是什么负担了，她说只要有能力，就会给自己创造更好的条件，只有让自己更加惬意，才会有继续下去的能量。比起从前，L的生活品位提高了很多，她越来越善待自己，看到她晒出自己点着蜡烛做香薰的照片，我有些感动，因为她一直以来的努力和坚持，因为她现在可以放下心灵的负担放缓自己的脚步来享受生活的美好，还因为她自己终于有了能力可以保护好自己的妈妈。

现在，我还是经常会听到晚辈向我发牢骚，诉说职场上遇到的烦恼、感情上遇到的挫折、外人的不理解，以及像那个女孩所问的一样，不知道还要不要继续在外坚持下去的困惑。其实选择安定还是继续漂泊，并没有标准答案，关键在于，对于自己真正所追求的东西是否已经理解透彻了。

生活的方式并没有对错之分，每个人都有权利选择最适合自己的人生，但无论选择哪条路，都会有一个出发的理由，这个理由不需要别人在乎，只属于自己，哪怕再微小，都需要一直坚持，自己也才会有变大变亮的可能。不论这个理由是什么，半途而废和逃避都不会达到你内心所向往的那个目标。

这么说并不是要劝慰你停留在当下来感受苦累和悲哀，只是希望你在自己已经选择好的路上勇敢向前，不要轻易放弃。就像L，她让我看到了一个女孩子最初的信念有着多么强大的力量，就算遭遇过真真实实的疼痛，熬过来了，便云开月明。